KB077318

이근후 박사의 네팔 인물 우표 이야기

The Historical Personality Stamps in Nepal

Yeti
네팔의 역사적 인물을
만나다

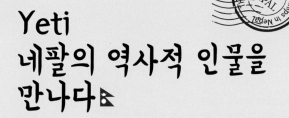

Yeti 네팔의 역사적 인물을 만나다
The Historical Personality Stamps in Nepal

이근후 · 이하늬 지음

초판 인쇄 2019년 6월 20일
초판 발행 2019년 6월 25일

지은이 이근후 외
펴낸이 신현운
펴낸곳 연인M&B
기 획 여인화
디자인 이희정
마케팅 박한동
홍 보 정연순
등 록 2000년 3월 7일 제2-3037호
주 소 05052 서울특별시 광진구 자양로 56(자양동 680-25) 2층
전 화 (02)455-3987 팩스(02)3437-5975
홈주소 www.yeoninmb.co.kr
이메일 yeonin7@hanmail.net

값 15,000원

ⓒ 이근후 2019 Printed in Korea

ISBN 978-89-6253-459-7 03810

이근후 박사의 네팔 인물 우표 이야기

The Historical Personality Stamps in Nepal

The Historical Personality Stamps in Nepal

NEPAL

Yeti
네팔의 역사적 인물을 만나다

이근후 · 이하늬 지음

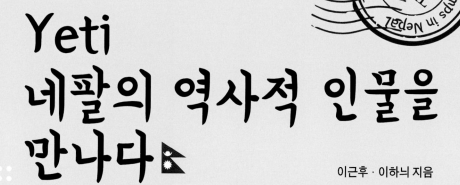

연인M&B

● 추천사

안종만
(대한우표회 회장 · 런던왕립우취회 회원)

이근후 교수님은 지난 1982년부터 네팔에 첫발을 디디신 후 지금까지 36년 동안 한 해도 거르지 않고 네팔을 방문해서 의료봉사를 비롯해서 현지에 병원 건립과 장학사업 등 많은 지원을 해 주는 한편 네팔의 젊은 예술가들을 한국에 초청해서 여러 전시회를 열어 주는 등 네팔 문화를 우리나라에 소개하고 있는 '네팔 문화 전도사'입니다.

이 교수님은 2014년 6월 '예띠'(설인, 雪人을 뜻하는 네팔어)라는 닉네임으로 아름다운 네팔을 소개하시겠다면서 우표 취미 온라인 카페 '우표를 사랑하는 사람들'(http//cafe.naver.com/philatelyst)에 가입하신 후, 고정칼럼 'Yeti 이근후님의 네팔 우표 이야기'를 통해서 꾸준히 네팔의 역사와 문화를 알리시면서 네팔 우표와 FDC를 비롯한 우취 자료는 물론 네팔 관련 그림엽서 등을 무료로 나누어 주고 계십니다.

저는 '우사사' 온라인 상에서 예띠 선생님과 좋은 인연을 맺은 후 지난 2016년 7월에는 이 교수님의 안내로 평소 가 보고 싶던 네팔에 가

4

서 수도 카트만두 중심부에 있는 네팔 우취회 사무실을 방문하여 네팔 우취인들과 친교를 나누고 특히 우정담당 장관이 직접 참석한 네팔우취회 창립 50주년 기념행사에 초대를 받는 등 평생 잊지 못할 추억을 만들고 왔습니다.

매년 네팔 방문 때마다 카트만두우체국을 찾아 전해에 발행한 네팔 우표 전량을 사 오신 이 교수님은 이것과 한국 기념우표를 네팔의 우취인들에게 선물로 준 답례로 받은 네팔 우표를 합쳐 거의 완집에 가깝게 소장한 것을 활용해서 2016년 4월에는 산을 주제로 한 우표 에세이집 'Yeti 네팔 히말라야 하늘 위를 걷다'를 시작으로 2017년 2월에 양국의 꽃 우표를 다룬 'Yeti 네팔·한국 꽃 우표를 가꾸다'를, 2018년 4월에는 왕과 왕비, 왕자들의 우표를 한데 모아 'Yeti 국왕을 알현하다'라는 제목의 책 등을 잇따라 출간하셨습니다.
오래전 왼쪽 눈의 시력을 완전히 잃은 이 교수님은 최근 무리한 SNS 활동으로 오른쪽 눈마저 나빠진 상태에서도 이번에는 인물 우표를 엄선한 'Yeti 네팔의 역사적 인물을 만나다'란 타이틀로 손녀 이하늬 대학생과 함께 만드는 '네팔 문화 사랑' 실천에 정열을 쏟는 노익장을 보여 주셨습니다.

이 책은 네팔에서 발행된 1천 2백여 장의 우표 가운데 정치, 사회, 문화, 예술, 경제 등 각 분야에서 크게 영향을 준 인물을 담은 156장의 주옥같은 우표와 FDC 1장을 뽑아서 우표마다 발행일, 액면, 발행량, 인쇄처 등 주요 우표 정보와 함께 그 인물에 대한 상세한 설명을 실었습니다.

디지털 시대의 하루하루 바쁘고 건조한 일상생활로부터 잠시 벗어나 향기나는 우취 문화와 넉넉한 삶의 지혜를 얻기 위해 우취인은 물론 우리나라보다 행복지수가 월등히 높은 네팔에 관심을 갖는 모든 분들에게 일독을 권합니다.

● 이 책을 내면서

이하늬
(이화여자대학교 물리학과 2학년)

　저는 이 책의 저자이신 이근후 박사님의 손녀입니다. 아직 대학교에 재학 중인 학생인데도 불구하고 공저자가 된 것에 대해 영광스럽게 생각합니다. 사실 저는 처음부터 공저자였던 것은 아닙니다. 처음에는 최근에 시력이 많이 저하되어서 컴퓨터 사용을 최대한 자제해 달라는 진단을 받으신 할아버지를 도와드리는 아르바이트생으로서 일을 시작했습니다. 문서 작업을 마무리하는 단계에서 할아버지께서는 제게 이 책의 공저자가 되어 보지 않겠냐는 놀라운 제안을 하셨습니다. 생각지도 못한 일이었기 때문에 매우 놀랐고 살짝 당황스럽기도 했습니다. 저는 이 분야의 전문가도 아닐 뿐더러 아직 학부생에 불과하기 때문입니다. 그렇지만 할아버지께서 제게 공저자 제안을 하신 데에는 이유가 있을 것이라고 생각하여, 그리고 흔치 않은 좋은 기회라고 판단하여 제안을 받아들이기로 하였고, 할아버지와 함께 무사히 이 책을 완성하게 되었습니다.

사실 저는 역사와는 거리가 먼 사람이지만, 네팔과의 인연은 꽤 오래되었습니다. 저희 부모님께서는 제가 태어나서 가장 먼저 밟은 외국 땅이 바로 네팔이라고 말씀하셨습니다. 물론 기억은 없지만 한 살 때 유모차를 타고 다녔다고 합니다. 또한 약 4년 전에 친가 식구들끼리 네팔에서 약 2주 머무른 적이 있습니다. 포카라에 가서 코끼리도 타보고, 새하얀 쉬염부나트 사원에도 갔던 기억이 납니다. 뿐만 아니라 저희 집(3층)으로 올라가는 계단 벽에는 할아버지께서 구해 오신 네팔 그림 몇 점이 걸려 있습니다. 따라서 네팔의 역사에 대해 정확히 알지는 못했어도 네팔의 문화는 자연스럽게 접할 기회가 많았습니다.

　위에서도 언급했다시피 저는 역사에 대한 전문적인 지식이 많이 부족합니다. 역사는 단순 암기 과목이라는 인식을 가지고 있어서인지 어릴 적부터 역사는 저한테 가장 부담스러운 과목이었습니다. 만약 마무리 단계가 아니라 작업 초반에 할아버지께서 저한테 공저자 제안을 하셨으면 저는 거절했을지도 모릅니다. 역사라는 분야에 대해 그만큼 거부감이 컸기 때문입니다. 그렇지만 작업을 하면서 우표 속 인물에 대해 검색해 보고 정보를 얻으며 역사에 대한 막연한 거부감을 조금이나마 덜 수 있었습니다. 친구들의 삶에 대한 이야기를 들을 때 신기하고 흥미로운 것처럼, 우표 속 인물들에 대한 정보를 차곡차곡 채우고 그 내용을 읽을 때마다 흥미로웠습니다. 우표에 응축되어 있는 네팔의 역사를 덕분에 조금 더 재미있게 접할 수 있었습니다.

　제가 독자들에게 바라는 것도 이와 비슷합니다. 저처럼 '역사'라는 말만 들어도 머리가 아프고, 역사는 재미 없는 암기 과목이라고 생각하시는 분들도 계실 겁니다. 그런 분들께 이 책이 역사에 관한 흥미를 조금이라도 일깨워 준다면 저는 성공한 저자라고 생각합니다. 그렇지만 솔직한 마음으로 좀 더 욕심을 부리자면, 이 책을 통해 네팔을 사랑하고, 네팔에 관심을 가지는 사람들이 많아졌으면 하는 바람입니다. 다시 한 번 제게 소중한 기회를 제안해 주신 이근후 박사님께 감사드립니다.

이근후
(이화여대 명예교수)

나마스테!

나는 네팔 우표를 주제로 에세이집을 다섯 권 기획을 했다. 이 책은 네 번째 나오는 책이다. 원래는 이 책 '예띠, 네팔의 역사적 인물을 만나다'와 '예띠, 네팔의 문화재를 순례하다'를 동시에 집필하기 시작했다. 이 책이 먼저 완성되었기 때문에 네팔 우표 에세이집으로는 네 번째 나오게 된 것이다. 이 책을 내면서 한 가지 불편했던 것은 집필을 끝내지 못한 상태에서 시력이 급격하게 나빠져서 컴퓨터로 원고를 쓸 수가 없게 되었다. 혼자 힘으로는 원고를 완결할 수가 없는 사정이 되었다. 해서 손녀 이하늬에게 도움을 청했다. 남은 부분 내가 기획한 데로 이야기를 하고 그것을 받아 검색하여 원고를 완성하는 아르바이트를 청한 것이다. 그는 학업이 바쁜데도 불구하고 할아버지를 위해 흔쾌히 아르바이트에 응했다. 몇 번의 아르바이트 과정을 통해 관찰해 보니 하늬가 진행하는 원고의 속도가 내가 원고를 집필하는 속도보다는 훨씬 빠르고 정확하고 또 검색도 광범위하게 하는 것을 보았다. 내가 하늬의 능력을 그냥 아르바이트 수준이 아니라는 것을 깨닫고 함께 이 책을 저술하는 공저자가 되어 줄 것을 요청했다. 그는 할아버지의 측은한 사정을 이해를 하고 흔쾌히 내 청을 들어주었다.

이 작업을 함께하면서 하늬는 많은 과목 가운데 역사가 제일 싫었다고 했다. 왜 싫으냐고 물으니까 시험 치기 위해서 사람 이름을 외우고 연도를 외우는 등의 행위가 싫었다고 한다. 이 작업을 하면서 나는 하늬에게 역사는 지나간 스토리들인데 입시를 위해서 연도나 이름 외우기를 하는 것은 역사가 아니라 지금까지 지나오면서 쌓인 우리 조상들의 이야깃거리가 역사라고 설명해 주었다. 차라리 연도는 몰라도 이러이러한 사실이 있었구나 하는 것을 알게 된다면 역사는 그렇게 싫은 과목이 아닐 것이라고 말해 주었다.

네팔 역사적 인물 우표 한 장 안에 들어 있는 역사적인 사실과 그 인물의 개인적인 이야기 등 많은 것이 포함되어 있는 것을 알아 가면서 하늬가 조금이라도 역사의 관심을 가져 주기를 바란다. 내 소망대로 지금 입시를 위한 공부가 아니니까 조금씩 흥미가 생기는 것 같다. 고마운 일이다.

이 책을 내기 위해서 나는 네팔 역사적 인물 우표의 FDC(초일봉투) 안에 들어 있는 자료 설명서를 참고했고 책으로는 Short History of Nepal 등 몇 권을 참조했으며 이들에서 찾지 못하는 인물들을 구글과 네이버를 검색하여 찾아냈다. 또 많은 부분 내가 알고 있는 네팔 지인들로부터 다양한 정보를 제공받았다. 이 우표에 대한 책 원고를 쓰다 보니 모두가 역사적인 인물이라 혹시 오류가 있을지도 모른다는 약간의 불안감이 있다. 역사적 인물을 올바르게 소개하지 못할 수도 있겠

9

구나 하는 불안이다. 혹시 이 책을 읽으면서 그런 오류를 발견하는 독자가 있다면 나에게 알려 주면 좋겠다. 수정본을 낼 때 바로잡을 예정이다.

내 눈이 불편함에도 불구하고 하늬의 도움으로 이 책을 완성할 수 있었음을 감사하고 기쁘게 생각한다. 원고를 쓰는 불편함은 있었지만 그 대신 하늬의 도움과 하늬와 좀 더 가깝게 소통할 수 있었던 것은 집필에 못지 않은 나의 기쁨이다. 이하늬, 고맙다. 그리고 네팔 우표 에세이집 다섯 권을 내는 동안 음으로 양으로 도와주신 모든 친지들에게 감사한 마음을 표한다.

● 차례(CONTENTS)

이근후 박사의 네팔 인물 우표 이야기

The Historical Personality Stamps in Nepal

Yeti
네팔의 역사적 인물을
만나다

NP no.153 & Sc#124

▶ Technical Details ··································

Description : King Mahendra
Date of Issue : 11 June 1960
Value : Re 1.00
Color : Red Lilac
Overall Size : 29mm X 33.5mm
Perforation : 13.5 X 14
Sheet : 42 stamps
Quantity :
Designer : Pashupati Lal
Printed by : India Security Printing Press, Nasik

마헨드라(Mahendra)

마헨드라 빌 빅람 샤 데비(Mahendra Bir Bikram Shah Dev)는 1955년부터 1972년까지 네팔을 통치했던 왕이다. 그는 1920년 6월 11일에 트리부반(Tribhuvan) 빌 빅람 샤(Tribhuvan Bir Bikram Shah)에 의해 태어났는데, 트리부반은 1911년 이후 명목상으로 네팔의 왕이었다. 마헨드라는 금으로 만들어진 철장과 다름없는 나라야니티(Narayanhity) 왕궁에 갇혀 있었다. 그는 1940년에 하리 샴샤 라나(Hari Shamsher Rana) 장군의 딸인 인드라 라즈야 락스미 데비(Indra Rajya Lakshmi Devi)와 결혼했다. 그는 네 아들 라빈드라(Ravindra), 비렌드라(Birendra), 갸넨드라(Gyanendra), 디렌드라(Direndra)와 세 딸 샨티(Shanti), 샤라다(Sharada), 쇼바(Shobha)를 가졌다. 인드라(Indra) 황태자비는 1950년에 세상을 떠났고 마헨드라는 1952년에 인드라의 여동생이었던 라트나 라즈야 락스미 데비(Ratna Rajya Lakshmi Devi)와 결혼했다.

한편, 대중의 불만과 1947년에 일어난 인도에서의 영국의 철수는 라나(Rana) 통치를 점점 더 용납하지 못하게 만들었다. 1950년에는 정치적 상황이 너무나도 악화되어서 왕실의 개인 안전이 확보되지 못하였고 결국 트리부반과 그의 가족 구성원의 대다수는 인도로 넘어갔다. 이후 공공연하게 반란이 연달아 일어났고 그해 말까지 라나 가족들은 그들이 네팔 의회 당과 동등하게 권력을 공유했던 트리부반의 통치 하에 있는 연합 정부에 동의했다. 그해 말까지 라나 가는 유지되었고 네팔의 첫 실험은 입헌군주제 하의 민주 정부에 의해 진행되었다. 트리부반의 건강은 좋지 않았고 결국 그는 1955년에 숨을 거두었다.

P.S. 네팔의 왕, 왕비, 왕자들의 우표는 한데 모아 'Yeti, 네팔 왕을 알현하다(연인M&B, 2018)' 책으로 출간하였다. 왕 우표에 관한 정보는 이 책을 참조하기 바란다.

NP no.169 & Sc#141
NP no.1126 & Sc#922

▶ Technical Details ·······································

Description : Bhanubhakta Acharya / Bhanubhakta Acharya Pioneer Poet
Date of Issue : 13 July 1962 / 31 December 2013
Value : 5 paisa / Rs.10
Color : Orange Brown / Five colors with Phosphor Print
Overall Size : 24mm X 41mm / 42.5mm X 31.5mm
Perforation : 14 X 14.5
Sheet : 45 stamps / 20 stamps
Quantity : 1/2 million
Designer : Jwala Shah / Purna Kala Limbu
Printed by : India Security Printing Press, Nasik
             SIA Baltijas Banknote, Latvia

바누박타 아찰야(Bhanubhakta Acharya)

바누박타 아찰야(Bhanubhakta Acharya)는 1871BS 아사르(Asar) 29일에 타나훈(Tanahun) 지역의 람하(Ramgha)에서 태어났다. 그는 어린 시절부터 네팔어로 시를 쓰기 시작했다. 그는 집에서 교육을 받았는데, 그의 할아버지의 영향으로 종교에 강하게 의존을 했다. 풀 베는 사람으로부터 덕과 명성을 얻을 수 있는 일을 하도록 영감을 받았다. "라마얀(Ramayan)"은 그의 가장 중요한 작품들 중 하나이다. 바누박타(Bhanubhakta)의 문학작품들은 다국어 네팔 사회에서 국가 언어로서 네팔어의 발전에 큰 기여를 했다.

굉장한 서사시인 "라마야나(Ramayana)"를 산스크리트(Sanskrit) 언어에서 카스(Khas) 언어로 처음으로 번역했던 네팔의 저자이자 시인이었다. 그는 네팔의 아디카비(Adikavi, 첫 번째 시인)라는 애칭으로 불렸으며 국내의 전문가로 여겨졌고 해외에서도 공경받는 시인이 되었다.

NP no.170 & Sc#142

▶ Technical Details ·······································

Description : Motiram Bhata
Date of Issue : 30 August 1962
Value : 10 paisa
Color : Deep Aqua
Overall Size : 24mm X 41mm
Perforation : 14 X 14.5
Sheet : 45 stamps
Quantity :
Designer : Jwala Shah
Printed by : India Security Printing Press, Nasik

모티람 바타(Motiram Bhatta)

모티람 바타(Motiram Bhatta)는 1866년에 태어나서 1896년에 세상을 떠났다. 그는 네팔 시인으로, 네팔 카트만두에서 태어났다. 6세의 나이에 그는 그의 출생지인 카트만두를 떠나서 인도의 베네라스(Benaras)로 교육을 받으러 떠났다. 그는 15세 때 고전적인 산스크리트(Sanskrit)어를 배웠고 일부 음악 교육을 받았다. 그는 네팔 민요와 그 리듬에 매료되었다.

당시에는 네팔 언어로 된 산문이 없었다. 일부 시만 네팔 언어로 적혔다. 모티람(Motiram)은 네팔 언어로 수필, 희곡 그리고 줄거리를 작성했다. 그의 작품들에는 "마노드웨그 프라와(Manodweg Prawah), 판차크 프라판챠(Panchak Prapancha), 샤쿤탈라(Shakuntala), 프리야다르시카(Priyadarsika), 피크둣(Pikdoot)" 등이 있다. 그는 또한 일부 "힌디(Hindi)와 울두(Urdu)" 시도 작성했다. 그는 네팔 문학에 "가자르스(Ghazals)"를 소개한 사람이다.

NP no.171 & Sc#143

▶Technical Details ·····································

Description : Shambhu Prasad
Date of Issue : 30 August 1962
Value : 40 paisa
Color : Olive Bister
Overall Size : 24mm X 41mm
Perforation : 14 X 14.5
Sheet : 45 stamps
Quantity :
Designer : Jwala Shah
Printed by : India Security Printing Press, Nasik

샴부 프라사드(Sambhu Prasad)

시바렌카 샴부 프라사드(Sivalenka Sambhu Prasad)는 인도 전국 의회 정치인이자 안드라 파트리카(Andhra Patrika) 일간 신문, 안드라 사치트라 바라 파트리카(Andhra Sachitra Vara Patrika) 주간 잡지, 그리고 당시엔 마드라스(Madras)였던 현 체네이(Chennai) 시에서 발행한 고전문학을 다루는 바라시(Bharathi) 월간 신문 등을 인수했던 기자였다. 그는 1911년에 태어나서 1972년에 생을 마감했다. 그의 장인어른인 카시나드후니 나게스와라 라오(Kasinadhuni Nageswara Rao)는 1893년에 천연 성분으로 된 진통·제인 암루탄잔(Amrutanjan)을 발명했고, 1903년에 안드라 파트리카(Andhra Patrika) 출판사를 설립했으며 자유 투쟁을 했다. 라오(Rao)는 또한 그의 모든 재산과 암루타니안(Amrutanian) 사업을 샴부 프라사드에게 전수했다.

샴부 프라사드의 생애 동안 인도에서는 제2차 세계대전, 인도 독립, 그리고 마하트마 간디(Mahatama Gandhi)의 대부분의 생애와 죽음 등 여러 중요한 사건들이 일어났다.

NP no.216 & Sc#185

▶Technical Details ·································

Description : Four Nepalese Martyrs (Shukra Raj, Dasharath Chand,
　　　　　　　Ganga Lal, Dharma Bhakta)
Date of Issue : 11 June 1965
Value : 15 paisa
Color : Bright-Green
Overall Size : 29mm X 29mm
Perforation : 13 X 13
Sheet : 112 stamps
Quantity : 1 million
Designer : Shyam Das Ashanta
Printed by : India Security Printing Press, Nasik

네팔의 순교자(Martyr)들

네팔의 순교자(Martyr)들은 국가나 사회의 복지에 기여하는 동안 처형되었던 사람들을 가리키는 용어이다. 이 용어는 원래 1846년부터 1951년까지 네팔 왕국의 자리를 차지했던 라나(Rana) 통치에 맞서면서 사망한 사람들을 위해 사용되었다. 라크한 타파(Lakhan Thapa)가 네팔의 첫 번째 순교자라고 전해져 내려온다.

슈크라 라즈 조쉬(Shukra Raj Joshi)는 1894년에 태어났으며 라나 독재 정권에 의해 처형당한 민주주의 투쟁가이다. 그는 또한 사회 개혁가이자 네팔어와 네팔 바사(Bhasa)어로 여러 책을 쓴 저자이기도 했다.

다쉬라스 찬드(Dashrath Chand)는 라나 독재 정권 때 정치적 개혁의 시작에 적극적이었던 정치가이다. 그는 1903년에 네팔 바이타디(Baitadi) 구역의 바소콧(Baskot)에서 샤르 바하두르 두바(Sher Bahadur Deuba)의 아들로 태어났다.

다르마 박타 메스마(Dharma Bhakta Mathema)는 네팔의 프라자 파리샤드(Praja Parishad) 정당의 설립 멤버일 뿐만 아니라 보디빌더였다. 그는 네팔에서 현대 보디빌딩 기술을 들여왔다. 그러나 그는 라나 독재 정권에 맞선 자유 투쟁으로의 공헌으로 더욱 잘 알려져 있다.

강가 랄 스레샤(Ganga Lal Shrestha)는 1919년에 태어났으며 라나 독재 정권 때 처형당한 네팔의 정치 개혁가이다. 그는 네팔의 라나 독재 정권을 없애고 민주주의를 확립하기 위해 1939년 운동을 시작한 네팔 프라자 파리샤드(Praja Parishad)라는 비밀 정치조직의 일원이었다.

NP no.218 & Sc#187
NP no.991 & Sc#823

▶ Technical Details ·····································

Description : Laxmi Prasad Devkota
Date of Issue : 24 October 1965 / 31 December 2009
Value : 15 paisa / Re 1.00
Color : Red Brown / Multicolor & Phosphor Print
Overall Size : 22.8mm X 40.6mm / 31.5mm X 42.5mm
Perforation : 14 X 14.5
Sheet : 50 stamps / 50 stamps
Quantity : 1/2 million / 4 millions
Designer : Shyam Das Ashanta / M. N. Rana
Printed by : India Security Printing Press, Nasik
           Cartor Security Printing, France

락스미 프라사드 데브코타(Laxmi Prasad Devkota)

네팔의 시인이자 극작가이자 소설가였던 락스미 프라사드 데브코타는 1909년에 태어나서 1959년에 숨을 거두었다. 네팔 문학에 있어서 마하 케비(Maha Kevi, 굉장한 시인)라는 칭호로 공경을 받았던 그는 황금 정신을 가진 시인이라고 알려져 있다. 그는 네팔에서, 그리고 네팔 언어에서 가장 위대한 시인이라고 널리 여겨진다. 그의 유명한 작품들로는 "무나 마단(Muna Madan), 수로차나(Sulochana), 쿤지니(Kunjini)" 그리고 "사쿤탈라(Sakuntala)" 등이 있다.

데브코타는 1909년 11월 12일에 카트만두 타투나티(Thatunati)에서 아버지 틸 마드하브 데브코타(Teel Madhav Devkota)와 어머니 아마르 라즈야 락스미 데비(Amar Rajya Iakshmi Devi) 사이에서 태어났다. 그의 아버지는 산스크리트어 학자였다. 따라서 그는 그의 아버지의 관리하에 그의 기초 교육을 받았다. 그는 카트만두에 있는 두르바르(Durbar) 고등학교에서 교육을 받기 시작했고 그곳에서 그는 산스크리트 문법과 영어를 공부했다. 17세 때 파트나(Patna)에서 입학고사를 마친 그는 트리 찬드라(Tri Chandra) 대학에서 법학사 학위와 함께 예술학사 학위를 따고 파트나(Patna) 대학교를 개인 학자로 졸업했다. 그러나 석사 학위를 마치려는 그의 욕망은 가정의 재정 상태 때문에 충족되지 않았다. 변호사로서 졸업한 지 10년 뒤 그는 네팔 바사누와드 파리샤드(Bhasaanuwad Parishad)에서 일하기 시작했는데, 그곳에서 그는 네팔 발크리슈나 사마(Balkrishna Sama)의 유명한 극작가를 만났다. 동시에 그는 트리 찬드라(Tri-Chandra) 대학과 파드마 카냐(Padma Kanya) 대학에서 강사로 일하기도 했다.

1930년대 후반에 그는 그의 어머니, 아버지 그리고 그의 2개월 된 딸의 죽음으로 인해 신경쇠약으로 고통을 받았다. 결국 1939년에 그는 인도 라치(Rachi)에 있는 정신병원에 5개월 동안 입원했다. 딸들의 결혼과 결혼식에 돈을 대느라 추후 빚을 지게 된 그는 아내에게 다음과 같이 말했다. "오늘 밤 아이들을 사회와 젊은이들의 보살핌에 맡기고 잠잘 때 이 세상을 포기하고 시안화칼륨이나 모르핀 같은 것을 먹자." 그는 평생 동안 연쇄 흡연자였다. 그는 글을 쓰는 동안 담배를 피우지 말았어야 했다. 암과의 오랜 사투 끝에 데브코타는 1959년 9월 14일에 카트만두의 파슈파티나스(Pashupatinath) 사원에 있는 바그마티(Bagmati) 강길에서 숨을 거두었다.

NP no.229 & Sc#197

▶Technical Details ·····································

Description : Lekhnath Poudyal
Date of Issue : 29 December 1966
Value : 15 paisa
Color : Dull Violet Blue
Overall Size : 24.6mm X 33.4mm
Perforation : 14 X 14
Sheet : 54 stamps
Quantity : 1/2 million
Designer : Shyam Das Ashanta
Printed by : India Security Printing Press, Nasik

레크나스 파우달(Lekhnath Paudyal)

　레크나스 파우달(Lekhnath Paudyal)은 20세기에 네팔의 현대시 문학 카비 시로마니(Kabi Shiromani)의 창시자로 여겨진다. 그의 가장 중요한 공헌은 언어의 철학적인 넓이가 아니라 언어의 풍부함과 정교함에 있다고 믿어진다. 그의 시에서 가장 좋은 작품은 산스크리트(Sanskrit) 시인들 카와(Kawa)의 구시대적인 관습에 따른다. 네팔의 현대시의 최초 시인이었던 그는 고전적인 네팔 시 문체로 시를 만들었다. 그의 시들은 대부분의 네팔 초기 작품들에서 볼 수 없었던 공식적인 위엄을 가지고 있었다. 다수의 초기 작품들은 전통적인 베단타(Vedanta) 철학으로 그들의 견해를 확인했지만, 다른 작품들은 본질적으로 그 어조와 영감이 독창적이었다. 그의 시는 매우 인기가 있고, 종종 현대사회와 정치적 이슈에 대해 언급했다. 그의 뒤를 이을 시적 정신의 첫 번쩍임이 있었다고 여겨진다.

NP no.251 & Sc#217

▶ Technical Details ·······································

Description : Amsuverma
Date of Issue : 13 April 1969
Value : 15 paisa
Color : Green / Purple
Overall Size : 22.8mm X 40.6mm
Perforation : 14.25 X 14.75
Sheet : 50 stamps
Quantity : 250 thousand
Designer : Amar Chitrakar
Printed by : India Security Printing Press, Nasik

암수베르마(Amshuverma)

암수베르마(Amshuverma)는 시바데비(Sivadev) 왕 1세가 네팔의 리차비(Licchavi)를 통치하고 있었던 595년경에 마하사만타(Mahasamanta)의 위치로 올라갔다. 604년까지 시바데바(Sivadeva)는 봉건 군주였던 사만타(Samanta)로 임명된 몇 년 내에 암수베르마의 단순한 수뇌부로 전락되었다. 그의 통치는 왕세자 우다바데브(Udavadev)가 왕이 되었던 621년 이전에 끝난 것으로 나타난다. 그는 샤이비테(Shaivite)의 대부분의 기간을 차지했던 파슈파티 바타라크(Pashupati Bhattarak)라는 명칭을 얻었다. 산스크리트(Sanskrit)어 바타라카(Bhattaraka)는 숭고한 군주라는 뜻을 가지고 있다. 그는 시바데비 여왕의 남자 형제의 아들이었다고 전해져 내려온다. 그는 리차비(Lichhavi) 시대의 대담하고 원시적인 통치자로 교육을 받았으며, 또한 예술, 건축, 문학의 애호가이기도 했다. 그는 7세기에 히말라야 남쪽 예술 궁전으로 유명해진 카이라쉬쿠트 바완(Kailashkut Bhawan) 궁전을 지었다.

NP no.253 & Sc#219

▶Technical Details ··································

Description : Bhimsen Thapa
Date of Issue : 13 April 1969
Value : 50 paisa
Color : Orange Brown
Overall Size : 22.8mm X 40.6mm
Perforation : 14.25 X 14.75
Sheet : 50 stamps
Quantity : 250 thousand
Designer : K. K. Karmacharya
Printed by : India Security Printing Press, Nasik

빔센 타파(Bhimsen Thapa)

빔센 타파(Bhimsen Thapa)는 1775년에 태어나서 1839년에 생을 마감했다. 그는 수상과 동일한 지위를 지닌 묵티야르(Mukhtiyar)였고 1806년부터 1837년까지 실질적인 네팔의 통치자였다. 그는 네팔의 전국적인 영웅 중 한 명으로 널리 알려져 있다. 역사가 쿠마르 프라드한(Kumar Pradhan)은 빔센을 '영리하고, 선견지명이 있고, 정치적으로 깨어 있으며 실질적으로 외교적인 정치인'이라고 평가했다. 그의 반영국 정책은 네팔을 인도에 있는 영국 식민주의자들의 보호국으로부터 구해 낸 것으로 간주되었다. 독일 철학자 칼 마르크스(Karl Marx)는 그를 '식민주의자들에게 굴복하는 데 감히 저항하는 유일한 아시아인'이라고 여겼다.

네팔 왕궁과 연관이 있는 빌 바드라 타파(Bir Bhadra Thapa)와 같은 귀족적인 군 장교 집안인 체트리(Chhetri) 가에서 태어난 그는 11살에 고르카(Gorkha)에 있는 그의 고향에서 라나 바하두르 샤(Rana Bahadur Shah) 왕세자와 함께 처음으로 성스러운 실 의식을 나누었다. 그는 처음에 라나 바하두르 샤(Rana Bahadur Shah) 왕의 경호원이자 개인 비서로 일하며 권력을 높였다. 그는 라나 바하두르(Rana Bahadur)가 1800년에 퇴임한 이후 바라나시(Varanasi)로의 망명에 동행했다. 그곳에서 그는 라나 바하두르(Rana Bahadur)가 1804년에 권력을 되찾는 것을 도왔다. 이에 대한 감사의 표시로 라나 바하두르는 그를 장관과 동등한, 새롭게 형성된 정부의 카지(Kaji)로 임명했다. 1806년 의붓형제에 의한 라나 바하두르의 암살은 빔센이 39명의 사람들을 학살하도록 만들었다. 그 이후 그는 묵티야르(Mukhtiyar)라는 칭호가 붙게 되었고, 고르카(Gorkha)의 역사적이고 고귀한 판데(Pande) 왕조를 견제하고 균형을 맞추며 국가 정치에 타파(Thapa) 가족을 내세웠다.

NP no.266 & Sc#232

▶Technical Details ·······································

Description : Balbhadra Kunwar
Date of Issue : 14 April 1970
Value : Re 1.00
Color : Sepia / Purple
Overall Size : 40.6mm X 22.8mm
Perforation : 14.75 X 14.25
Sheet : 50 stamps
Quantity : 1/2 million
Designer : K. K. Karmacharya
Printed by : India Security Printing Press, Nasik

발바드라 쿤와르(Balbhadra Kunwar)

네팔의 전국적인 영웅이었던 발바드라 쿤와르(Balbhadra Kunwar)는 1789년에 태어났으며 1823년에 가르왈(Garhwal)에서 생을 마감했다. 그는 1814년에서 1816년 사이에 일어난 영국-네팔 전쟁에 복무한 것으로 유명하다. 데라둔(Dheradun)에 있는 골칼리(Gorkhali) 군대의 지휘관으로서, 그는 그 지역을 방어하는 책임을 지고 있었다. 18세기 중반 이후 확장되고 있었던 네팔 골칼리주는 국경을 모든 방향으로 확장했다. 이는 결국 영국 동인도회사와의 분쟁을 야기했고 결국 전쟁이 시작되었다.

1814년 10월 영국군의 롤로 길레스피(Rollo Gillespie) 소장은 네팔군에 의해 점령당한 가르왈(Gharwal) 지역과 쿠마온(Kumaon) 지역에 있는 간제스(Ganges) 강과 야무나(Yamuna) 강 사이에 위치한 네팔 토지를 점령하기 위해 3,500명의 군대와 11개의 대포를 가지고 진격했다. 발바드라 쿤와르 대장은 영국군의 진로를 확인하기 위해 데라둔(Dehradun) 북동쪽에 위치한 날라파니(Nalapani)라 불리는 곳에 있는 400개의 높은 언덕에 머물렀다.

1814년 10월에 영국군은 데라둔에 도달했다. 네팔군과 영국군 간의 전쟁은 날라파니에서 일어났다. 영국군이 패배했고 데라둔으로 철수했다. 날라파니에서 또 다른 전투가 10월 말에 일어났는데, 이 전쟁으로 인해 영국의 길레스피 소장이 목숨을 잃었다.

군사력으로 전쟁에서 이길 수 없다고 판단한 영국은 물을 공급해 주는 원천을 차단하여 네팔군이 갈증으로 인해 숨을 거두도록 만들었다. 발바드라 쿤와르는 수도였던 카트만두에 용병을 요청했지만 카트만두는 그들에게 네팔군을 보내 줄 수 없었다. 따라서 네팔군은 모든 날라파니

^(Nalapani) 전투에서 수적으로 열세였다.

물이 부족했음에도 불구하고 네팔군은 자리를 지켰다. 1814년 11월에 발바드라 쿤와르를 포함한 4명의 사령관들은 밤중에 남은 골칼리 부대와 함께 날라파니 요새를 포기할 수밖에 없었다. 이를 본 영국은 그들을 공격했고, 네팔군은 공격에 저항하면서 계속 전진했다. 결국 네팔군은 드와르^(Dwara)에 도달했고 하루 종일 그곳에 머물렀다.

발바드라는 다음 메시지를 배달원을 통해 영국으로 보냈다. '우리는 당신의 요청에 따라 당신의 사망자와 부상당한 병사들을 당신들에게 인도했습니다. 이제 우리는 당신들이 우리에게 부상병들을 인도해 줄 것을 요구하는 바입니다.' 영국군은 이에 네팔 부상병들을 그들이 스스로 돌보겠다고 응답했고 그들은 180명의 부상병들을 날라파니 요새에서 돌보았다.

다음 날 네팔군은 그들이 판단하기에 요새를 짓기에 적합하지 않았던 드와르^(Dwara)를 떠나 고피찬드^(Gopichand) 언덕을 향해 갔고, 거기서 그들은 요새를 짓기로 했다. 고피찬드 언덕에 머무르던 영국군은 네팔군의 캠프를 한밤중에 포격하기 시작했다. 네팔은 이에 맞섰고 이 과정에서 사다르 리푸마르단 타파^(Sardar Ripumardan Thapa)는 적의 포탄으로 인해 오른팔에 부상을 입었다. 그는 걸을 수 없었고 결국 언덕을 넘을 수 없었다.

4일 간의 갈증과 극심한 군대의 손실로 인해 발바드라 장군은 영국군에게 다음과 같이 소리쳤다. "당신들은 전쟁에서 이길 수 없었지만 나는 이제 스스로 이 요새를 포기한다. 요새 안에는 어린이와 여성의 시신 외에 다른 것은 없다!" 그와 남아 있는 그의 군대는 1814년 11월 말에 언덕으로 도망쳤다.

1815년 12월 2일에 기르반 유다 비크람 샤^(Girvan Yuddha Vikram Shah) 왕과 영국 동인도회사 사이에 평화조약이었던 수갈리^(Sugauli) 조약이 체결되었다.

에카이 카와구치(Ekai Kawaguchi)

에카이 카와구치(Ekai Kawaguchi)는 네팔을 4차례(1899년, 1903년, 1905년, 1913년) 여행하고 티베트에 2차례(1900~1902, 1913~1915) 여행한 것으로 유명한 일본의 불교 수도사였다. 그는 두 나라를 여행한 최초의 일본인으로 기록되어 있다.

어릴 적 이름이 사다지로(Sadajiro)였던 카와구치는 어릴 적부터 수도승이 되고 싶어 했다. 사실 그의 이러한 열정은 빠르게 현대화되고 있던 일본에서는 일반적이지 않은 것이었다. 결과적으로 그는 일본 불교계의 세계화와 정치 부패에 싫증이 났다. 1891년 3월까지 그는 도쿄에 있는 젠 고햐쿠 라칸(Zen Gohyaku Rakan) 수도원의 스님으로 일했고 그 뒤 3년간 교토에서 중국 불교 서적에 대해 공부하며 운둔 생활을 했다. 일본의 불교가 너무나도 부패한 것을 깨달은 그는 그 지역이 공식적으로 모든 외국인들의 출입을 금한다는 사실에도 불구하고 티베트로 가기로 결심했다. 사실 그가 모르는 사이에 일본의 종교학자들은 1890년대의 대부분의 시간을 희귀한 불교 경전들을 찾기 위해 큰 기관과 장학금의 지원과 함께 티베트에 들어가려고 노력했으나 실패했다.

그는 아무런 지도나 가이드 없이 1987년에 일본을 떠나 인도로 갔다. 그는 영어를 조금 배우긴 했지만 힌두 언어나 티베트 언어는 하나도 알지 못했다. 지원도 하나도 받지 않았던 그는 인도 영국 기관의 직원이자 티베트 학자인 사라트 찬드라 다스(Sarat Chandra Das)의 선행에 동참했다. 그는 몇 달간 다즐링(Darjeeling)에 머물렀고 당시에 외국인들에게 가르쳐 주지도 않았고 편찬되지도 않았던 티베트어에 유창해졌다.

NP no.784 & Sc#725

▶ Technical Details ·························

Description : Rev. Eklai Kawaguchi
Date of Issue : 8 December 2002
Value : Rs.25
Color : Red / Black
Overall Size : 26.5mm X 40mm
Perforation :
Sheet :
Quantity :
Designer :
Printed by : Austrian Govt, Printing Office, Vienna

그는 많은 수도원들과 티베트 서부에 있는 신성한 카이라쉬(Kailash) 강 주변을 도는 순례 여행 후 라싸(Lasa)에 도착하는데 거의 4년이 걸렸다. 그는 중국 수도승이 되었고 13대 달라이 라마(Dalai Lama)인 투브텐 갸츠소(Thubten Gyatso)의 청중을 이끌었던 뛰어난 의사로 명성을 얻었다.

카와구치는 티베트에서 보내는 모든 시간을 불교 순례 여행과 공부에 바쳤다. 그가 티베트 고전 언어의 어려운 용어를 익혀서 티베트인인 척할 수 있었지만, 그는 놀랍게도 티베트인들의 수도원법 위반과 농지가 매우 적은 나라에서 고기를 먹는 것에 대해 관대하지 않았다. 결과적으로 그는 중국과 서양의학 박사로서 일자리를 찾았다. 그의 예배는 곧 수요가 많아졌다.

카와구치는 라싸에서 변장하고 지내다가 들통난 것을 깨닫고는 서둘러 다른 나라로 탈출해야 했다. 그는 거의 정부에게 그를 정직하고 정치적인 수도승으로 머물게 해 달라고 청원할 뻔했지만 그의 주변인들이 그러지 않도록 그를 설득했다. 그럼에도 불구하고 그를 보호했던 몇몇 사람들은 끔찍하게 고문당하고 불구가 되었다. 그의 친구들을 무척이나 걱정했던 그는 그의 질병과 기금 부족에도 불구하고 나라를 떠난 후 그의 모든 인간관계를 이용하여 찬드라 샴샤 라나(Chandra Shumsher Rana) 네팔 총리에게 도움을 요청했다. 티베트 정부는 총리의 권고에 따라 카와구치의 충심 가득한 티베트 친구들을 감옥에서 석방시켰다.

NP no.291 & Sc#257

▶ Technical Details ·····································

Description : Araniko/White Dagoba Temple in Peking
Date of Issue : 13 April 1972 Araniko
Value : 15 paisa
Color : Light Blue / Dull Green
Overall Size : 39.1mm X 29.0mm
Perforation : 13 X 13
Sheet : 35 stamps
Quantity : 1 million
Designer : K. K. Karmacharya
Printed by : India Security Printing Press, Nasik

아라니코(Araniko)

아라니코(Araniko)는 네팔과 중국의 유안(Yuan) 왕조 예술, 그리고 이 지역 간의 예술적 교류의 핵심 인물이었다. 그는 네팔 카트만두 계곡에서 아바야 말라(Abhaya Malla) 통치 기간이었던 1245년에 태어났다. 그는 베이징의 먀오잉(Miaoying) 사원에 흰 탑을 지은 것으로 알려져 있다. 자야 빔 데브 말(Jaya Bhim Dev Mall) 통치 기간 동안, 그는 금탑을 건축하는 프로젝트로 티베트에 보내졌는데 그 역시도 그곳에서 수도사가 되었다. 티베트에서 그는 유안(Yuan) 왕조의 창시자인 쿠브라이 칸(Kublai Khan) 황제의 궁정을 작업하기 위해 더 먼 지역인 중국 북부로 보내졌는데, 그곳에서 그는 히말라야 산맥의 예술적 전통을 중국으로 가져왔다. 만년에 그는 승려직을 포기하고 중국에서 가정을 꾸렸다. 그는 7명의 여성과 결혼하여 6명의 아들과 8명의 딸을 얻었다.

NP no.302 & Sc#268

▶ Technical Details ·······································

Description : Baburam Acharya
Date of Issue : 12 March 1973
Value : 25 paisa
Color : Olive grey / car
Overall Size : 29.0mm X 29.0mm
Perforation : 13 X 13
Sheet : 112 stamps
Quantity : 1 million
Designer : K. K. Karmacharya
Printed by : India Security Printing Press, Nasik

바부람 아찰야(Baburam Acharya)

바부람 아찰야(Baburam Acharya)는 에베레스트산이나 초모룽마(Chomolungma, 티베트 이름)라고 더 잘 알려져 있는 산에 사가르마타(Sagarmatha)라는 이름을 붙인 네팔의 역사가이자 문학자로 1888년에 태어났다. 그의 주요 작품은 네팔의 고대 비문에 대한 연구였으며, 그는 네팔에서 '이타아스 시로마니(Itihas Siromani)'로 알려져 있다. 네팔은 역사가인 그가 찾아내기 전까지는 네팔의 세계적으로 가장 높은 봉우리의 공식적인 이름을 갖고 있지 않았다. 바부람은 1930년대 후반에 수필 하나를 작성했는데 거기서 그는 에베레스트 지역 주민들한테는 앞서 언급한 산이 사가르마타(Sagarmatha)라는 이름으로 유명했다고 말했다. 당시 네팔의 통치자들은 이 수필의 출판은 예외로 두었고, 역사가들은 훈계를 받았다. 그의 책에서 그는 "나는 이미 '우리 친구들'의 이름을 딴 봉우리에 네팔 이름을 붙임으로써 영국에 모욕을 불러일으키려 한 죄로 기소되었고, 그 책을 출판한 혐의로 국가에서 추방당할 뻔했다."라고 적었다. 그의 또 다른 저서에서 그는 "사가르마타라는 이름은 이미 존재했고 나는 그것을 발견했을 뿐이다. 나는 산에 새로운 이름을 붙인 것이 아니다."라고 적었다. 이 수필이 출판된 지 20년 뒤, 네팔 정부에서는 이 이름에 대한 공식적인 승인을 내렸다.

NP no.309 & Sc#275

▶ Technical Details ··

Description : Somnath Sigdel
Date of Issue : 5 October 1973
Value : Rs 1.25
Color : Blue Grey
Overall Size : 39.1mm X 29.0mm
Perforation : 13 X 13
Sheet : 35 stamps
Quantity : 1/2 million
Designer : K. K. Karmacharya
Printed by : India Security Printing Press, Nasik

솜나스 시그델(Somnath Sigdel)

솜나스 시그델(Somnath Sigdel)은 카트만두에 있는 발미키 산스트리트(Valmiki Sanskrit) 대학의 첫 교장이었다. 그는 바라나시(Varanasi)에서 교육을 받았으며 그는 칼쿠타(Calcutta)로부터 그의 카비아티르타(Kavyatirtha)를 전달했다. 그는 산스크리트어 문법학자였으며 산스크리트 작품으로 널리 알려져 있다. 산스크리트어는 1915년 헤드 판딧(Head Pandit)으로 임명된 이후 네팔에서 발전되었다.

네팔에서는 이 산스크리트어 학자를 기리기 위해 1973년에 우표를 발행하였다.

NP no.317 & Sc#283

▶Technical Details ································

Description : King Janaka on Throne
Date of Issue : 14 April 1974
Value : Rs 2.5
Color : Multicolour
Overall Size : 25mm X 34mm
Perforation : 13.75 X 13.25
Sheet : 50 stamps
Quantity : 250 thousand
Designer : K. K. Karmacharya
Printed by : Pakistan Security Printing Corporation. Karachi

자나카(Janaka)

자나카(Janaka)는 약 기원전 8~7세기의 비데하(Videha)의 왕으로, 후대에 라마야나(Ramayana)에 등장하게 된다. 그는 물질적 소유에 관심이 없는 면에서 이상적인 본보기로 여겨진다. 왕으로서 그는 일반적이지 않은 사치품과 쾌락에 접근할 수 있었지만, 그의 내면 상태는 사두(Sadhu)와 더 가까웠다. 그는 영적인 담론에 관심이 매우 많았으며 세상에서의 환상으로부터 자기자신이 자유롭다고 생각했다. 아쉬타바크라(Ashtavakra), 술라바(Sulabha)와 같은 추구자들 혹은 선인들과 자나카(Janaka)의 상호작용은 고대 문서에 기록이 되어 있다. 그가 입양한 딸 시타(Sita)와 그의 관계는 그녀가 자나키 마타(Janaki Mata)라고 불리도록 만들었다. 네팔의 도시 자나크푸르(Janakpur)는 그와 그의 딸 시타(Sita)의 이름에서 따온 것이다. 미시라(Mithila)라고도 불리는 비데하(Videha) 왕국은 간다키(Gandaki) 강의 동쪽, 마하난다(Mahananda) 강의 서쪽, 강가(Ganga)의 북쪽, 히말라야스(Himalayas)의 남쪽 사이에 위치해 있다. 이 지역은 현재 인도의 비하르(Bihar) 주와 네팔의 테라이(Terai) 지역의 일부분으로 나뉘어져 있다.

NP no.363 & Sc#328

▶ Technical Details ·····································

Description : Kaji Amar Singh Thapa
Date of Issue : 18 February 1977
Value : 10 paisa
Color : Raw Sienna / Burnt Sienna
Overall Size : 39.1mm X 29.0mm
Perforation : 13 X 13.5
Sheet : 35 stamps
Quantity : 2.5 millions
Designer : K. K. Karmacharya
Printed by : India Security Printing Press, Nasik

아마르 싱 타파(Amar Singh Thapa)

아마르 싱 타파(Amar Singh Thapa)는 1751년에 태어났으며 바다 카지(Bada Kaji)나 부다 카지(Budha Kaji)라는 이름으로 공경을 받는다. 그는 서부를 정복한 네팔군 총사령관이자 쿠마온, 가르왈(Kumaon, Garhwal) 그리고 네팔 왕국 서부를 통치하는 권위자였다. 그는 네팔 국왕에 의해 쿠마온(Kumaon), 가르왈(Garhwal)과 그 서부 지역의 수상인 묵티야르(Mukhtiyar)로 임명받았다. 그는 종종 네팔의 살아 있는 사자라고 칭송받았고, 골칼리(Gorkhali) 군대를 위해 앵그로-네팔리스(Anglo-Nepalese) 전쟁을 이끌어서 사후 네팔의 국가적 영웅 중 한 명으로 간주되었다.

NP no.417 & Sc#381

▶ Technical Details ···

Description : Gyan Dil Das
Date of Issue : 13 April 1980
Value : 5 paisa
Color : Yellow / Ochre / Red Purple
Overall Size : 29.0mm X 39.1mm
Perforation : 13.5 X 13
Sheet : 35 stamps
Quantity : 4 millions
Designer : K. K. Karmacharya
Printed by : India Security Printing Press, Nasik

기안 딜 다스(Gyan Dil Das)

    네팔 동부에서 태어난 기안 딜 다스(Gyan Dil Das)는 네팔의 산트(Sant) 문학에서 높은 지위를 차지하고 있었던 사람으로, 브라만(Brahman) 주의의 인종차별에 대해 설교를 했다. 그는 개혁 정신을 가진 대담한 사람이었다. 그는 네팔 언어로 수많은 문학작품과 시를 만들어 냈다.

NP no.418 & Sc#382

▶ Technical Details ·······································

Description : Siddhi Das Amatya
Date of Issue : 13 April 1980
Value : 30 paisa
Color : Burnt Sienna / Dark Brown
Overall Size : 29.0mm X 39.1mm
Perforation : 13.5 X 13
Sheet : 35 stamps
Quantity : 3 millions
Designer : K. K. Karmacharya
Printed by : India Security Printing Press, Nasik

시드히 다스 아마트야(Siddhi Das Amatya)

    소박하고 조용한 성격이었던 시드히 다스 아마트야(Siddhi Das Amatya) 시인은 느와리(Newari) 언어로 수십 권의 책을 만들어 냈고, 또한 현대 느와리(Newari) 언어에서 성공적인 지위를 차지했다. 시 분야에서 두드러진 성공을 거둔 이 시인은 시드히 브야카란('Siddhi Vyakaran')과 그의 자서전을 썼다. 그는 네팔 언어로도 또한 일부 시를 지었다. 그는 카트만두의 켈톨레(Keltole)에서 태어났다.

NP no.419 & Sc#383

▶ Technical Details ·······································

Description : Pahalman Singh Swanr
Date of Issue : 13 April 1980
Value : Re 1.00
Color : Gr / Blue / Gr.Raw / Sienna
Overall Size : 29.0mm X 39.1mm
Perforation : 13.5 X 13
Sheet : 35 stamps
Quantity : 2 millions
Designer : K. K. Karmacharya
Printed by : India Security Printing Press, Nasik

파하르만 싱 스완르(Pahalman Singh Swanr)

　네팔 연극 분야에서 특히 유명한 파하르만 싱 스완르(Pahalman Singh Swanr)는 56년의 짧은 생애 동안 약 20개의 문학작품을 남겼다. 그는 네팔 문학작품과 연극 이외에 역사와 기술 주제에 있어서도 이름을 알린 작가였다. 그는 네팔 서부의 아참(Achham)에서 태어났다.

NP no.420 & Sc#384

▶ Technical Details ··

Description : Jay Prithvi Bahadur Singh
Date of Issue : 13 April 1980
Value : Rs 2.30
Color : Olive Green / Blue Grey
Overall Size : 29.0mm X 39.1mm
Perforation : 13.5 X 13
Sheet : 35 stamps
Quantity : 1 million
Designer : K. K. Karmacharya
Printed by : India Security Printing Press, Nasik

제이 프리스비 바하두르 싱(Jay Prithvi Bahadur Singh)

　제이 프리스비 바하두르 싱(Jay Prithvi Bahadur Singh)은 네팔 언어에 있어서 첫 네팔 문법학자이며 네팔 산문, 시 그리고 교과서를 만들었다. 그는 네팔 언어의 매체를 통해 교육을 제공하기 위해서, 또 골카파트라(Gorkhapatra)를 15년간 섬김으로써 네팔 저널리즘의 새로운 방향을 제시하기 위해 막대한 노력을 했다. 그는 네팔 서부인 바즈항(Bajhang)에서 태어났으며 인도주의적 원칙의 전파를 위해 많은 유럽 국가를 다녔다.

NP no.439 & Sc#402

▶ Technical Details ·······································

Description : Balkrishna Sama
Date of Issue : 21 July 1982
Value : Re 1.00
Color : Multicolour
Overall Size : 26.5mm X 42mm
Perforation : 13.75 X 14
Sheet : 50 stamps
Quantity : 2 millions
Designer : K. K. Karmacharya
Printed by : Carl Ueberreuter Druck and Verlog, Vienna Austria

발크리샤나 사마(Balkrishna Sama)

발크리샤나 사마(Balkrishna Sama)는 1903년에 태어났고, 네팔의 극작가이다. 그는 또한 네팔의 셰익스피어라고도 여겨진다. 네팔어로 그는 '나트야 시로마니(Natya Siromani)'로 알려져 있다. 극작가로서 그는 네팔의 위대한 문학가였다. 그가 네팔 문학에 끼친 영향은 잊혀질 수 없을 것이다. 그는 사마 샴샤 정 바하두르 라나(Samar Shumsher Jung Bahadur Rana) 장군과 킬티라즈 야락스미 라나(Kirtirajyalaksmi Rana) 사이에서 태어난 아들이다.

그는 1921년에 만다키니(Mandakini)와 결혼했다. 사마는 1972년에 네팔 라자키야 프라그야 프라시스탄(Rajakiya Pragya Prathistan)으로부터 트리부반 푸라스카(Tribhuwan Puraskar) 상을 수여받았다. 같은 해에 그는 트리부반(Tribhuvan) 대학으로부터 비셰쉬 우파디(Bishesh Upadhi)를 받았고, 1978년에는 프라그야 프라티스탄(Pragya Pratisthan)으로부터 프리스비 프라그야 푸라스카(Prithvi Pragya Puraskar)를 받았다. 그는 1981년에 숨을 거두었다.

그는 라니 포카리(Rani Pokhari)에 있는 두르바르(Durbar) 고등학교를 졸업했고 트리 찬드라(Tri Chandra) 대학에서 과학을 전공했다. 2학년 때 그는 육군 대위로서 육군 훈련을 위해 데라둔(Dehradoon)으로 보내졌고 그 이후 육군 중령이 되었고 그 뒤 찬드라 샴샤 라나(Chandra Shumsher Rana) 수상이 되었다.

그의 집에서, 그의 환경은 그에게 부담감을 주었다. 사마(Sama)는 집에서 홀로 시간을 보내다가 점차 예술과 문학 활동에 시간을 보내기 시작했다. 그는 사라다, 우드효그, 샤히트야 슈롯(Sarada, Udhyog, Shahitya Shrot) 등의 평판 있는 잡지에서 그의 글을 출판했다. 그 후, 그는 자신의 별명을 사마(Sama)라고 붙였는데 그 이유는 그가 더 이상 한때 독재 정치로 네팔을 통치했던 정권에 포함되고 싶지 않았기 때문이다. 그의 극 "바테르(Bhater)"는 1953년에 프라가티(Pragati)에서 출판되었는데, 이 작품은 인권 문제에 대한 그의 감정을 분명하게 보여 준다.

NP no.454 & Sc#415

▶Technical Details ·····································

Description : Chakrapani Chalise
Date of Issue : 20 December 1983
Value : Rs 4.50
Color : Violet / Multicolour
Overall Size : 28mm X 38mm
Perforation : 12.25 X 12.25
Sheet : 100 stamps
Quantity : 1 million
Designer : K. K. Karmacharya
Printed by : Secura Singapore Private Ltd. Singapore

차크라파니 찰리스(Chakrapani Chalise)

차크라파니 찰리스(Chakrapani Chalise)는 1883년에 태어났고 네팔의 시인이다. 그는 1899년에 바그하트 바하두르 부다피르시(Bakhat Bahadur Budhapirthi)에 의해 작곡된 음악에 1924년에 네팔 최초의 국가를 썼다. 국가의 음악 부분은 비르 샴샤 잔드 바하두르 라나(Bir Shamsher Jand Bahadur Rana) 수상의 통치 기간에 만들어졌다. 이후 네팔어 출판위원회는 국가의 가사를 쓸 것을 요청받았다. 위원회 감독관의 조수였던 차크라파니(Chakrapani)가 국가의 가사를 쓰게 되었다.

차크라파니(Chakrapani)는 네팔 문학의 서로 다른 두 시대를 연결하는 시인으로 여겨진다. 모티람 바타(Motiram Bhatta)의 낭만주의 시대는 판디트 차크라파니(Pandit Chakrapani)에 의해 레크나스 파우달(Lekhnath Paudyal)의 시대와 연결된다.

이 기념 우표는 그의 네팔 문학에의 공헌을 기리기 위해 발행되었다.

NP no.506 & Sc#460

▶ Technical Details ··································

Description : Surya Bikram Gyawali
Date of Issue : 21 December 1987
Value : 60 paisa
Color : Multicolour
Overall Size : 29mm X 39.1mm
Perforation : 13 X 13.25
Sheet : 50 stamps
Quantity : 6 millions
Designer : K. K. Karmacharya
Printed by : India Security Printing Press, Nasik

수르야 비크람 가와리(Surya Bikram Gyawali)

역사가 수르야 비크람 가와리(Surya Bikram Gyawali)는 1898년에 바나라스(Banaras)에서 태어났다. 그는 인도에서 높은 수준의 교육을 받았다. 역사와 문학의 실천에 그의 인생 전체를 쏟아부었던 수르야 비크람 가와리는 네팔 언어, 문학, 문화 그리고 역사의 범위에서 큰 공헌을 남겼다. 국가적인 위엄을 높이기 위해 그에게 경의를 표하기 위해서, 그는 네팔 왕실학회에서 트리부반 푸라스카(Tribhuvan Puraskar)와 프리스비 프라그야 푸라스카(Prithvi Pragya Puraskar) 상을 받았으며 또한 일등상인 골카 다크신 바후(Gorkha Dakshin Bahu)와 2등상인 트리샤크티팟(Trishaktipatt)을 수상했다.

이 우표는 5년간 네팔 왕실학회의 수상이었고 평생 동안 네팔 왕실학회에 남아 있었던 수르야 비크람 가와리를 기리기 위한 것으로, 그의 초상이 묘사되어 있다.

NP no.533 & Sc#486

▶Technical Details ·····································

Description : B. P. Koirala
Date of Issue : 31 December 1990
Value : 60 paisa
Color : Red, Orange Brown / Black
Overall Size : 27.5mm X 32.8mm
Perforation : 14 X 14
Sheet : 50 stamps
Quantity : 3 millions
Designer : K. K. Karmacharya
Printed by : Austrian Government Printing Office, Vienna, Austria

B. P. 코이랄라(Koirala)

B. P. 코이랄라(Koirala)는 1914년 9월 8일에 태어났으며, 네팔 민주주의의 설립을 위해 1951년에 일어난 혁명을 주도했다. 그는 또한 인접한 국가 인도의 독립 투쟁에 있어서도 많은 기여를 했다.

1951년 라나(Rana) 통치가 타도된 후, 그는 일반적인 사람들 중에서는 최초로 내무장관이 되었다. 마찬가지로, 그는 1959년에 최초로 선거에 의한 네팔 수상이 되었다. 1960년 12월에 일어난 의회 민주주의의(usuruption) 이후, 그는 8년 동안 투옥 생활을 했다. 투옥 생활 이후 그는 또다시 8년을 정치적 망명으로 보냈다. 그는 1976년 12월에 집으로 돌아와서 네팔 민주주의의 복원을 위한 국가의 통합과 화합의 정책을 제시했다.

그는 1982년 7월 11일에 숨을 거두었다. 그는 국제적으로 유명한 정치인이었으며 국내에서 가장 인기 있는 지도자였다.

고요한 사상가이기도 했던 그는 깊이 있는 문학적 성격을 가지고 있었는데, 그는 네팔 문학에서 인간의 복잡한 심리적 차원들을 드러냈다. 그를 기리기 위해 출판된 이 우표는 그의 모습을 묘사한다.

NP no.557 & Sc#515

▶ Technical Details ·····································

Description : Teongsi Sirijunga
Date of Issue : 31 December 1992
Value : Re 1.00
Color : Multicolour
Overall Size : 29mm X 41mm
Perforation : 11.5 X 11.5
Sheet : 50 stamps
Quantity : 1 million
Designer : M. N. Rana
Printed by : Helio Courvoisier S.A. Switzerland

텐지 시리준가(Teongsi Sirijunga)

키라티스(림부스, Kiratis(Limbus))의 성인이었던 시리준가(Sirijunga)는 키라트(Kirat) 언어, 종교 그리고 문화의 위대한 종교적 설교자이자 전파자였다. 그는 1647년에 테플정(Taplejung) 구역에 있는 사만(Saman) 마을에서 태어났다. 그는 키라트(Kirat) 언어와 성서의 매개체를 통해 문드훔(Mundhum) 성서를 대중화 했다. 그는 그가 열심히 전파하려 노력한 신앙에 반대하는 독실한 광신 도들에 의해 살해당했다고 전해진다.

NP no.558 & Sc#512

▶ Technical Details ·······································

Description : Pandit Kul Chandra Gautam
Date of Issue : 31 December 1992
Value : Re 1.00
Color : Multicolour
Overall Size : 28mm X 40mm
Perforation : 11.5 X 11.5
Sheet : 50 stamps
Quantity : 1 million
Designer : M. N. Rana
Printed by : Helio Courvoisier S.A. Switzerland

쿨 찬드라 과탐(Kul Chandra Gautam)

 쿨 찬드라 과탐(Kul Chandra Gautam)은 두드러지는 외교관이자 개발 전문가, 그리고 전 UN 고위 관리였다. 현재 그는 여러 국제 및 국가 기관의 이사회와 자선 재단, 그리고 공공 민간 파트너십에 참여하고 있다. 이전에 그는 30년이 넘는 기간 동안 여러 국가와 함께 UN에서 경영 및 지도자로서 근무했다. 유니세프 전 사무차장 겸 UN 부사무총장으로서 그는 국제 외교, 개발 협력, 인도적 지원에 대한 폭넓은 경험을 가지고 있다. 그는 국제 문제와 평화 증진과 관련하여 2010년부터 2011년까지 네팔 총리의 특별자문위원을 역임했다.

 네팔 시민인 과탐은 네팔 시민사회의 인권 향상, 사회경제 발전, 민주주의 그리고 좋은 정부를 위해 적극적이다. 그는 네팔의 평화 증진, 민주주의의 통합, 인권 및 사회 경제 발전에 관한 국제사회뿐만 아니라 네팔의 정치 및 시민사회 지도부에 글을 쓰고, 그것에 대해 말하고, 비공식적으로 충고한다. 국제적으로, 그는 특히 아동 권리, 세계 보건, 기초 교육 그리고 인간 개발 분야에서의 UN의 지속적인 개발 목표를 지지하는 데에 계속해서 활동적이다.

NP no.559 & Sc#514

▶Technical Details ·····································

Description : Poet Vidyapati
Date of Issue : 31 December 1992
Value : Re 1.00
Color : Multicolour
Overall Size : 28mm X 40mm
Perforation : 11.5 X 11.5
Sheet : 50 stamps
Quantity : 1 million
Designer : M. N. Rana
Printed by : Helio Courvoisier S.A. Switzerland

비드야파티(Vidyapati)

마리시르 카비 코킬(Maithil Kavi Kokil)이라고도 알려져 있는 비드야파티(Vidyapati)는 1352년에 태어나서 1448년에 삶을 마감했다. 그는 마이실리(Maithili) 시인이자 산스크리트(Sanskrit)어 작가였다. 그의 시는 "벵갈리(Bengali), 마이실리(Maithili), 누와리(Newari)", 덜 적극적이었던 네팔어와 다른 동양 문학 정통들뿐만 아니라 힌두스타니(Hindustani)에서도 수세기에 걸쳐 널리 영향을 미쳤다. 말년에 만들어진 아바하타(Abahatta)에서 유래된 당시 비드야파티(Vidyapati)의 언어는 동양 언어인 마이실리, 네팔어, 벵갈리, 오리야(Oriya) 등의 초기 버전으로 막 전환되기 시작했다. 따라서 이러한 언어들을 만든 비드야파티(Vidyapati)의 영향력은 이탈리아의 단테(Dante)와 영국의 차우서(Chaucer)와 비슷하다고 전해진다.

NP no.560 & Sc#513

▶ Technical Details ·····································

Description : Poet Chittadhar Hridaya
Date of Issue : 31 December 1992
Value : Re 1.00
Color : Multicolour
Overall Size : 28mm X 40mm
Perforation : 11.5 X 11.5
Sheet : 50 stamps
Quantity : 1 million
Designer : M. N. Rana
Printed by : Helio Courvoisier S.A. Switzerland

치타다르 흐리다야(Chittadhar Hridaya)

치타다르 흐리다야(Chittadhar Hridaya)는 네팔 시인으로 1906년 5월 19일에 태어났다. 그는 20세기 네팔의 최고의 문학인들 중 한 명으로 여겨진다. 카비 케쉬아리(Kavi Keshari)라는 명칭은 1956년에 마헨드라(Mahendra) 왕에 의해 그에게 부여되었다. 그는 주로 네팔 바사(Bhasa)어로 글을 썼지만 네팔과 힌디(Hindi)어로도 작품을 만들어 냈다.

흐리다야는 조상의 번성하는 사업을 거부하고 독재 정권에 의해 투옥되어서 고통받으면서도 모국어를 섬기는 데에 일생을 바쳤다. 1941년 그는 그 언어에 대한 단속이 있었던 시절 네팔 바사어로 시를 쓴 혐의로 라나(Rana) 정권 때 5년간 투옥되었다.

NP no.568 & Sc#522

▶ Technical Details ·······································

Description : Tanka Prasad Acharya
Date of Issue : 2 December 1993
Value : 25 paisa
Color : Multicolour
Overall Size : 28.5mm X 39.6mm
Perforation : 13.5 X 13.5
Sheet : 50 stamps
Quantity : 1 million
Designer : M. N. Rana
Printed by : Austrian Government Printing Office, Vienna, Austria

탕카 프라사드 아차르야(Tanka Prasad Acharya)

탕카 프라사드 아차르야(Tanka Prasad Acharya)는 1912년에 카트만두에서 태어났으며 티카 프라사드 아차르야(Tika Prasad Acharya)와 티카 데비 아차르야(Tika Devi Acharya) 사이에서 태어난 아들이었다. 그는 1956년 1월 27일부터 1957년 7월 26일까지 네팔의 19대 수상을 역임했다. 네팔 프라자 파리샤드(Nepal Praja Parishad)의 창립자이자 지도자였던 탕카 프라사드 아차르야는 라나(Rana) 정권에 반대했고 민주주의에 우호적인 정치가였다. 인도의 자유운동의 영향으로 아차르야(Acharya), 달마 박타 메스마(Dharma Bhakta Mathema), 데쉬라스 찬드(Dashrath Chand), 수크라 라즈 샤스트리(Sukra Raj Shastri), 강가랄 스레샤(Gangalal Shrestha) 등 5명은 1930년대 후반에 아차르야를 의장으로 하는 네팔 프라자 파리샤드(Nepal Praja Parishad)를 설립하였다. 그들의 목적은 라나 정권을 무너뜨리고 네팔 민주주의 정권을 설립하는 것이었다. 극악무도함, 방탕, 경제적 착취, 그리고 종교적 박해는 라나 정권의 주요 특징이었다.

아차르야는 인쇄기를 네팔로 들여온 최초의 인물이다. 그는 라나 정권의 타도를 지지하는 4개의 전단지를 출력하기 위해 바나라스(Banaras)로부터 인쇄기를 들여왔다. 4명의 다른 운동가들과 함께 그는 정권에 반대했다는 이유로 투옥되었으며 1940년에 라나 정권에 의해 사형을 선고받았다. 그러나 아차르야는 힌두교의 영향을 받은 당시의 네팔 법(브라민(Brahmin)족은 살해하지 않는다)에 의해 사형당하지 않았다. 이 운동은 추후 라나 독재정치를 무너뜨리는 결과를 낳았다. 아차르야는 트리부반(Tribhuvan) 왕이 다시 정권을 잡았을 때인 1951년에 풀려났다. 그는 1956년에 수상이 되었다. 수상 임기동안 첫 5년간의 계획이 시작되어서 네팔 라스트라(Nepal Rastra) 은행이 설립되었으며 대법원도 설립되었다. 그는 1957년 10월 17일에 자리에서 내려왔다. 그는 1992년 4월 23일 신장 합병증으로 생을 마감했다. 2000년에 미나 아차르야(Meena Acharya)는 탕카 프라사드 아차르야 기념비를 설립했다.

NP no.569 & Sc#523

▶Technical Details ······································

Description : Sungdare Sherpa
Date of Issue : 2 December 1993
Value : Re 1.00
Color : Multicolour
Overall Size : 28.5mm X 39.6mm
Perforation : 13.5 X 13.5
Sheet : 50 stamps
Quantity : 1 million
Designer : M. N. Rana
Printed by : Austrian Government Printing Office, Vienna, Austria

성데르 셰르파(Sungdare Sherpa)

성데르 셰르파(Sungdare Sherpa)는 에베레스트산을 등반하는 등반가들을 위한 네팔의 셰르파(Sherpa) 가이드로, 에베레스트의 서로 다른 5개의 봉우리를 올랐다. 그는 하네로레 슈마츠(Hannelore Schmatz)가 사망했던 1979년 등반 당시 그녀와 함께 있었다. 그는 그녀가 죽은 뒤에도 그녀와 함께 있었고, 그 결과 그는 동상으로 그의 손가락과 발가락의 대부분을 잃었다. 손가락을 잃었음에도 불구하고, 성데르는 1979년 등반 이후에도 4번 더 에베레스트산을 올랐다.

성데르는 1989년에 그의 마을 팡보체(Pangboche) 아래의 강에서 익사했다. 엘리자베스 하우리(Elizabeth Hawley)의 말에 따르면 그는 알코올중독에 빠져 있었고, 그의 죽음은 자살에 의한 것이라고 한다.

NP no.570 & Sc#524

▶ Technical Details ·······································

Description : Siddhicharan Shrestha
Date of Issue : 2 December 1993
Value : Rs.7
Color : Multicolour
Overall Size : 28.5mm X 39.6mm
Perforation : 13.5 X 13.5
Sheet : 50 stamps
Quantity : 1 million
Designer : M. N. Rana
Printed by : Austrian Government Printing Office, Vienna, Austria

시드히차란 스레샤(Siddhicharan Shrestha)

시드히차란 스레샤(Siddhicharan Shrestha)는 네팔의 가장 유명한 작가 중 한 명이다. 그는 그의 작품을 통해 라나(Rana) 독재 정권에 맞서 싸우는 데 기여했다. 그의 혁명적인 시는 자유투쟁가들을 일으켰고, 그는 그의 문학 작품으로 인해 18년의 징역형을 선고받았다. 그는 네팔 바사(Bhasa)어와 네팔어로 글을 썼다.

그가 네팔어로 쓴 시 "나의 사랑하는 오칼드헝게인(Okhaldhungain)"은 그의 명작 중 하나라고 여겨진다. 이 시에서, 그는 그가 태어나고 자란 네팔의 동부에 위치한 오칼드헝게인 지역을 묘사하는 것이 얼마나 자랑스러운 일인지를 표출한다.

시드히차란의 조상들은 박타푸르(Bhaktapur)에서 카트만두 옴바할(Ombahal)로 이동했다. 소설가였던 그의 아버지 비슈누 차란(Bishnu Charan)은 정부를 위해 일했으며 "수마티(Sumati)", "비슈마프라티그야(Bhismapratigya)"와 같은 소설을 썼다. 그의 봉사 과정에서, 그는 시드히차란(Siddhicharan)이 태어나고 유년 시절을 보낸 장소인 네팔 동부에 있는 오칼드헝게인으로 이동했다. 시드히차란의 어머니는 니르 쿠마리 스레샤(Neer Kumari Shrestha)이다. 그가 7세이던 해인 1919년에 가족들은 카트만두로 되돌아갔다. 그는 두르바르(Durbar) 고등학교에서 공부했다. 1926년 어느 날, 그는 그의 학교 근처인 카마라치(Kamalachhi)의 약초 상점에서 열심히 작품을 쓰는 한 노인을 보았다. 그 노인은 네팔 바사(Nepal Bhasa) 시인인 시드히 다스 아마트야(Siddhi Das Amatya)이었다. 시드히차란은 결국 아마트야(Amatya)를 그의 스승으로 여겼다.

NP no.571 & Sc#525

▶ Technical Details ·····································

Description : Phalgunanda
Date of Issue : 2 December 1993
Value : Rs.15
Color : Multicolour
Overall Size : 28.5mm X 39.6mm
Perforation : 13.5 X 13.5
Sheet : 50 stamps
Quantity : 1 million
Designer : M. N. Rana
Printed by : Austrian Government Printing Office, Vienna, Austria

마하구루 팔구난다(Mahaguru Phalgunanda)

팔구난다 링덴(Phalgunanda Lingden)이라고도 알려져 있는 마하구루 팔구난다(Mahaguru Phalgunanda)는 네팔 동부의 키라트(Kirat) 사람들의 종교적 지도자였다. 그는 1885년에 네팔의 일람(Ilam) 구역에서 태어났다. 그는 특히 키라트 림부스(Kirat Limbus) 사이에서 대단한 선생님이라는 뜻의 마하구루(Mahaguru)라고 알려져 있다. 그는 채식이나 술 금지 등과 같은 청교도적 원리에 대한 새로운 키란트(Kirant) 종교를 만들어 냈고 림부(Limbu) 전통과 말을 따랐다. 그는 림부(Limbu) 민족에게 그의 뛰어난 사회문화적, 종교적 메시지로 기억되었고 다른 사람들에게도 모범이 되었다. 그의 메시지 중 하나는 동물 희생이 출생, 결혼 그리고 장례 등의 행사에 대한 사회적 비용을 늘리기 때문에 동물 희생의 관례를 멈추라는 것이다. 그의 다른 메시지로는 사회적 통설을 없애고, 아이들을 위해 학교를 운영하고, 아이들이 그들의 모국어로 문학작품을 읽고 깨달음을 얻도록 하는 등 앞서 언급한 것과 비슷하다. 그는 교육이 사람의 마음을 깨끗하게 씻어 내는 지식을 가져다 준다고 믿어서 교육을 주로 강조했으며, 그것만이 해방의 열쇠이고 그것이 다시 신을 실현시키기 위한 궁극적 진실이라고 믿었다. 그의 철학에 따르면 사랑과 비폭력보다 나은 친구는 없다. 수많은 성전을 짓기도 했던 팔구난다는 1949년에 생을 마감했다.

NP no.582 & Sc#544

▶Technical Details ·······································

Description : Pasang Lhamu Sherpa
Date of Issue : 2 September 1994
Value : Rs.10
Color : Multicolour
Overall Size : 30mm X 40.5mm
Perforation : 14 X 14
Sheet : 50 stamps
Quantity : 1 million
Designer : K. K. Karmacharya
Printed by : Austrian Government Printing Office, Vienna, Austria

파상 라무 셰르파(Pasang Lhamu Sherpa)

파상 라무 셰르파(Pasang Lhamu Sherpa)는 에베레스트산 봉우리를 오른 네팔의 첫 여성이다. 그녀는 등산가 집안에서 태어났으며 10대 때부터 등산에 합류했다. 그녀는 성공적으로 몬트 블랑크, 초 오유(Mont Blanc, Cho Oyu), 야라픽(Yalapic) 산, 파상 히말(Pisang Himal) 그리고 다른 산들에 올랐다. 그녀는 이전에도 에베레스트산에 오르기 위해 3번의 시도를 했지만, 그녀가 남동부 길을 통한 남쪽 산길을 통해 봉우리에 도달했던 1993년 4월 22일까지는 성공하지 못했다.

1993년 4월 22일 아침은 밝고 맑았으며, 파상이 5명의 셰르파 소남 트샤링 셰르파(Sonam Tshering Sherpa), 라크파 놀부 셰르파(Lhakpa Norbu Sherpa), 펨바 돌제 셰르파(Pemba Dorje Sherpa), 다와 타시 셰르파(Dawa Tashi Sherpa)와 함께 8,848m 꼭대기에 오를 때까지도 그러했다. 산꼭대기에서 내려오던 중, 산에서 종종 그러하듯이, 날씨가 급격하게 나빠져서 남쪽 봉우리에서 그녀를 사망에 이르게 했다. 다른 네팔 여성들은 그동안 해내지 못했던 것을 이룸으로써, 파상 라무는 사후에도 나라에서, 그리고 전 세계에서 다양한 방법으로 모든 등산가들에게서 공경을 받았다.

NP no.602 & Sc#557

▶ Technical Details ·······································

Description : Poet Dharanidhar Koirala
Date of Issue : 23 December 1994
Value : Re 1.00
Color : Multicolour
Overall Size : 38.5mm X 29.6mm
Perforation : 13.5 X 14
Sheet : 50 stamps
Quantity : 1 million
Designer : K. K. Karmacharya
Printed by : Austrian Government Printing Office, Vienna, Austria

다라니다르 코이랄라(Dharanidhar Koirala)

다라니다르 코이랄라(Dharanidhar Koirala)는 1891년에 자낙푸르(Janakpur) 구역에 있는 둠자(Dumja) 마을에서 태어났다. 그는 네팔의 유명 문학가인 B. P. 코이랄라(Koirala)의 사촌이다. 그는 다즐링(Darjeeling)에서 네팔 언어와 문학에 있어서 큰 공헌을 한 것으로 유명하다. 그는 고전적인 음보로 구성된 그의 시구에서 교육의 의의를 주제적 관심사로 삼았으며 사회 개혁의 기반이 되는 윤리적, 정신적 사상을 강조하는 시인이었다. 또한 그는 만 싱 구룽(Man Singh Gurung), 디나 나스 샤르마(Dina Nath Sharma), 판딧 크리슈나 프라사드 코이랄라(Pandit Krishna Prasad Koirala) 등과 함께 인도의 비협조 운동에 합류했다. 그의 시는 글을 아는 네팔인들 사이에서 민족주의적 정서를 고취하는 데 도움을 주었다.

NP no.603 & Sc#558

▶ Technical Details ·····························

Description : Singer Narayan Gopal Guruwacharya
Date of Issue : 23 December 1994
Value : Rs 2.00
Color : Multicolour
Overall Size : 38.5mm X 29.6mm
Perforation : 13.5 X 14
Sheet : 50 stamps
Quantity : 1 million
Designer : K. K. Karmacharya
Printed by : Austrian Government Printing Office, Vienna, Austria

나라얀 고팔 구루아차르야(Narayan Gopal Guruacharya)

나라얀 고팔(Narayan Gopal)이나 N. 고팔(Gopal)이라고도 알려져 있는 나라얀 고팔 구루아차르야(Narayan Gopal Guruacharya)는 네팔 음악에 있어서 유명한 가수이자 작곡가이다. 네팔의 가장 중요한 문화적 인물 중 한 명이라고 여겨지는 그는 네팔에서 목소리의 황제라는 뜻의 스와르 삼랏(Swar Samrat)이라고 칭해진다. 그는 또한 수많은 비극적인 노래들로 인해 '비극적인 왕'으로도 유명하다. 그는 또한 네팔 바사(Bhasa)어로도 노래를 불렀다.

그의 음역대로 인해 그는 네팔의 모든 장르의 노래를 부를 수 있었다. 종종 그의 노래에는 시타르(Sitar), 하모늄(Harmonium) 그리고 플룻이 동반되었다. 그는 또한 1950년대부터 1970년대까지 음악감독이었으며 네팔 전문 가수들의 1세대라고 알려져 있다. 그의 노래들은 전 세계에 걸쳐 몇몇 영화와 드라마에도 이용되었다.

그는 일생 동안 137개의 노래를 냈으며, 그의 첫 노래는 그의 친구 프렌도지 프라드한(Prem Dhoj Pradhan)과 그의 스승 마니크 라트나(Manik Ratna)에 의해 작곡되었다. 그는 20세기의 가장 영향력 있는 음악가 중 한 명으로 여겨지며 일생 동안 많은 상을 받았다.

NP no.604 & Sc#559

▶ Technical Details ·····································

Description : Balaguru Shadananda
Date of Issue : 23 December 1994
Value : Rs.7
Color : Multicolour
Overall Size : 38.5mm X 29.6mm
Perforation : 13.5 X 14
Sheet : 50 stamps
Quantity : 1 million
Designer : K. K. Karmacharya
Printed by : Austrian Government Printing Office, Vienna, Austria

사다난다(Sadananda)

스바미 사다난다 다사(Svami Sadananda Dasa)는 1908년 독일의 엘느스트-조지 슐츠(Ernst-Georg Schulze)로서 태어났다. 그는 박티시단타 사라스바티 타쿠라(Bhaktisiddhanta Sarasvati Thakura)라고 이름붙인 힌두교 개혁가의 제자인 스와미 박티 흐리다야 본(Swami Bhakti Hridaya Bon)을 만났다. 사다난다는 스와미 본을 통해 박티시단타(Bhaktisiddhanta)로부터 가우디야 베이샤나바(Gaudiya Vaishnava) 전통으로의 정식 입문 혹은 디크사(Diksa)를 받았다. 그리고 그가 칼쿠타(Calcutta)에 있는 가우디아(Gaudiya) 선교회에 합류한 직후 박티시단타에 의해 '사다난다 다사(Sadananda Dasa)'라는 이름을 얻었다. 그는 비아시아인 중 가우디야 바이샤나바(Gaudiya Vaishnava) 전통을 받아들인 최초의 인물 중 한 명이다.

1930년대 초에 그는 20세기 초 인도에서 가우디야 바이샤나비즘(Gaudiya Vaishnavism)의 유명한 스승이자 종교개혁가였던 슈릴라 박티시단타 사라스바티(Shrila Bhaktisiddhanta Sarasvati)의 제자가 되었다. 그러나 사다난다는 그가 유럽에서 선교 활동 중이었던 1933년에 추후 베를린과 독일에 있는 레싱 호크슈레(Lessing Hochschule)에서 강연이 열렸던 박티시단타(Bhaktisiddhanta)의 제자였던 스바미 흐리다야 본 마하라자(Svami Hridaya Bon Maharaja)와 먼저 접촉했다. 1934년에 사다난다는 가우디야-베이샤나바-미션(Gaudiya-Vaishnava-Mission)의 인도 승려들이 중심지를 세운 런던으로 이동했다. 그리고 그곳에서 그는 곧바로 박티시단타 사바르바티(Bhaktisiddhanta Sarasvati)의 이름으로 스바미 흐리다야 본 마하라자(Svami Hridaya Bon Maharaja)와 스바미 박티 프라딥 틸타 마하라자(Svami Bhakti Pradip Tirtha Maharaja)에 의해 시작되었다. 1935년에 그는 결국 스바미 본(Svami Bon)과 함께 박티시단타가 그에게 그의 영적인 이름인 '사다난다 다사'를 부여했던 인도로 여정을 떠났다. 그의 스승이 1937년에 세상을 떠나자, 사다난다는 힌두교의 성서를 공부하는 데 시간을 보내며 조직과 독립적으로 일했다.

NP no.616 & Sc#566b

▶Technical Details ···································

Description : Literature, Bishnu Devi Waiba "Parijat"
Date of Issue : 11 July 1995
Value : Rs 3.00
Color : Multicolour
Overall Size : 27mm X 38.5mm
Perforation : 14 X 14
Sheet : 32 stamps
Quantity : 2 millions
Designer : K. K. Karmacharya
Printed by : Government Printing Office, Vienna, Austria

파리자트(Parijat)

인도의 다즐링(Darjeeling)의 아름다운 지형에서 태어난 비슈누 데비 와이바(Bishnu Devi Waiba)는 문학 세계에서 파리자트(Parijat)라고 널리 알려져 있다.

그녀는 그녀가 카트만두에서 공부하고 있을 때 '다라티(Dharati)'로 그녀의 문학 경력을 시작했다. 소설, 이야기, 시, 기사 등의 천재적인 저자였던 그녀는 또한 2023BS에 '랄파(Ralfa) 운동'이라는 책을 발간했다. 2030BS에 진보적인 이상주의를 지지했던 그녀는 그녀의 남은 생애를 이 일에 바쳤다. 그녀는 2050BS에 하늘나라로 떠났는데, 당시에 그녀는 신체적 장애로 인해 억압받는 사람들의 올바른 목소리를 지지하던 중이었다.

이 기념 우표는 이 작가의 네팔 문학의 업적을 기리기 위해 발행되었다.

NP no.617 & Sc#566c

▶Technical Details ·······································

Description : Artist, Chandra Man Singh Maskey
Date of Issue : 11 July 1995
Value : Rs 3.00
Color : Multicolour
Overall Size : 27mm X 38.5mm
Perforation : 14 X 14
Sheet : 32 stamps
Quantity : 2 millions
Designer : K. K. Karmacharya
Printed by : Government Printing Office, Vienna, Austria

찬드라 만 싱 마스키(Chandra Man Singh Maskey)

1956BS에 카트만두에서 태어난 찬드라 만 싱 마스키(Chandra Man Singh Maskey)는 네팔 예술 분야에서 높은 지위를 차지했다.

그는 해외에서 공부와 훈련을 성공적으로 받았다. 여러 그림 작품들 이외에도, 그는 석조 조각과 주형 조각, 그리고 다른 건축 작품들의 예술적인 디자인을 전문으로 하였다.

그의 예술 업적을 추구해 나가는 과정에서, 그는 네팔 국왕의 정부를 위해 다른 책임을 떠맡았다. 그는 그의 창작물을 네팔에서, 그리고 해외에서 전시했다. 예술 분야에서 그의 대단한 공헌을 안 채로 그는 골카 닥신 바후(Gorkha Dakshin Bahu)와 인드라 라즈야 락스미 푸라스카(Indra Rajya Laxmi Puraskar)라고 이름 붙은 상들과 일부 장식들을 받았다. 언제나 예술에 많은 기여를 했던 이 천재는 2041BS에 세상을 떠났다.

이 우표는 이 예술 애호가를 기리기 위해 발행되었다.

NP no.618 & Sc#566d

▶Technical Details ·······································

Description : Poet Yuddha Prasad Mishra
Date of Issue : 11 July 1995
Value : Rs 3.00
Color : Multicolour
Overall Size : 27mm X 38.5mm
Perforation : 14 X 14
Sheet : 32 stamps
Quantity : 2 millions
Designer : K. K. Karmacharya
Printed by : Government Printing Office, Vienna, Austria

유다 프라사드 미슈라(Yuddha Prasad Mishra)

1964BS에 태어난 유다 프라사드 미슈라(Yuddha Prasad Mishra)는 네팔 문학에서 진보적이고 로맨틱한 시를 만들어 냈다.

그는 1992BS에 그의 첫 출판물이었던 '샤라다(Sharada)'로 문학계에 뛰어들었다. 그는 진보적인 문학에 있어서 가장 두드러지는 사람들 중 한 명이라고 여겨진다. 문학자였던 그는 항상 자신의 이익을 뒤로하고 모든 형태의 착취와 억압에 맞섰다. 솔직하고 마음을 울리는 표현을 많이 사용했던 그는 20년의 망명 기간 동안 문화진보 운동을 이끄는 데 적극적이었다. 그가 지은 작품으로는 "차라(Chara), 마산 코 아와즈(Masan Ko Awaj), 아마르 카사(Amar Katha), 묵티 나라얀(Mukti Narayan), 묵타 수다마(Mukta Sudama), 벤베드(Benbadh), 베디(Badhi)" 등이 있다. 그는 83세의 나이로 숨을 거둘 때까지 네팔 문학의 풍요를 위해 활발히 힘썼다.

이 기념 우표는 이 작가의 네팔 문학으로의 공헌을 기리기 위해 발행되었다.

NP no.619 & Sc#566a

▶Technical Details ·······································

Description : Literature, Bhim Nidhi Tiwari
Date of Issue : 11 July 1995
Value : Rs 3.00
Color : Multicolour
Overall Size : 27mm X 38.5mm
Perforation : 14 X 14
Sheet : 32 stamps
Quantity : 2 millions
Designer : K. K. Karmacharya
Printed by : Government Printing Office, Vienna, Austria

빔 니드히 티와리(Bhim Nidhi Tiwari)

연극, 대본, 시, 가사, 수필, 소설 등의 모든 네팔 문학 분야에서 재능을 보였던 문학가 빔 니드히 티와리(Bhim Nidhi Tiwari)는 마단 푸라스카(Madan Puraskar), 프라발 콜카 닥신 바후(Prabal Gorkha Dakshin Bahu), 라트나 쉬리(Ratna Shree)와 함께 상을 받았으며 네팔 문학작품에서의 그의 두드러지는 공헌으로 여러 찬사를 받았다.

작가들의 문학 회의의 참여 과정에서 그는 세계 여러 나라들을 방문했다. 사회적 주제를 총명하게 다룬 이 유명 문학작품은 "샨실라 슈실라(Shanshila Shushila), 시란야스(Silanyas), 타르판(Tarpan), 티타우라 마사우라(Titaura Masaura), 판드라 프라반다(Pandra Pravanda), 인사프(Insaf)" 등의 여러 문학작품들의 작업에 기여함으로써 네팔 문학을 풍요롭게 만들었다. 이 고차원적인 성격의 소유자가 2030BS에 숨을 거두었고 현재 남아 있지 않지만, 그의 가치 있는 작품들은 불후의 명작으로 항상 남아 있을 것이다. 네팔 문학 분야는 그의 대단한 업적에 빚을 지고 있다.

이 기념 우표는 이 문학가의 네팔 문학작품에의 공헌을 기리기 위해 발행되었다.

NP no.624 & Sc#567

▶Technical Details ·······································

Description : Bhakti Thapa
Date of Issue : 1st September 1995
Value : 15 paisa
Color : Four colors
Overall Size : 27.52mm X 38mm
Perforation : 11.5 X 11.5
Sheet : 50 stamps
Quantity : 3 millions
Designer : M. N. Rana
Printed by : Government Printing Office Vienna, Austria

박티 타파(Bhakti Thapa)

박티 타파^(Bhakti Thapa)는 네팔 역사상 가장 용감한 전사 중 한 명으로 알려져 있다. 1741년에 람정^(Lamjung)에서 태어난 그는 람정 비르마르단 샤^(Lamjung Birmardan Shah) 왕을 섬겼고 네팔의 서쪽 영토를 늘리는 데에 자기 자신을 바쳤다. 그 당시, 네팔의 서부 국경 지대는 쿠마운 가드왈^(Kumaun Gadwal)이었으므로, 그는 국경을 방어하기 위해 그곳으로 떠났다. 그러던 중 1814년에 그는 드테르^(Deuthal)에서 일어난 영국과의 전투에서 살해당했다.

이 기념 우표는 용감한 전사를 기리기 위해 발행되었다.

NP no.625 & Sc#568

▶ Technical Details ·····································

Description : Madan Bhandari
Date of Issue : 1st September 1995
Value : Re 1.00
Color : Four colors
Overall Size : 27.52mm X 38mm
Perforation : 11.5 X 11.5
Sheet : 50 stamps
Quantity : 1 million
Designer : M. N. Rana
Printed by : Government Printing Office Vienna, Austria

마단 반다리(Madan Bhandari)

네팔의 테플정(Taplejung) 구역의 둔게셍후(Dhungesanghu)에서 2009BS에 태어난 마단 반다리(Madan Bhandari)는 네팔 공산 운동에서 눈에 띄는 사람이었으며 뛰어난 연설가였다. 그는 창의적인 실행자이자 마르크스주의의 새로운 사상가였다.

그는 네팔 공산당(UML)의 사무총장이 되었다. 그는 애국자였으며 인기 있는 지도자였다. 그는 3번째 제스타(Jestha) 2050BS에 다스드훈가(Dasdhunga)에서 지프차 사고로 생을 마감했다.

이 기념 우표는 이러한 주목할 만한 인물을 기리는 의미에서 발행되었다.

NP no.626 & Sc#569

▶Technical Details ·····································

Description : Prakash Raj Kaphley
Date of Issue : 1st September 1995
Value : Rs 4.00
Color : Four colors
Overall Size : 27.52mm X 38mm
Perforation : 11.5 X 11.5
Sheet : 50 stamps
Quantity : 1 million
Designer : M. N. Rana
Printed by : Government Printing Office Vienna, Austria

프라카쉬 라즈 카필리(Prakash Raj Kaphley)

프라카쉬 라즈 카필리(Prakash Raj Kaphley)는 1952년에 네팔의 신드훌리(Sindhuli) 구역의 난게덴다(Nangedanda)에서 태어났다. 그는 인권운동 관련 기관인 비공식 서비스 센터장을 역임했다. 그는 1992년 7월 31일에 일어난 비행기 사고로 일찍 생을 마감했다.

이 기념 우표는 이 뛰어난 인권운동가를 기리기 위해 발행되었다.

▶ NP no.639 & Sc#586

Technical Details

Description : Kaji Kalu Pande
Date of Issue : 6 August 1996
Value : 75 paisa
Color : Multicolour
Overall Size : 38.5mm X 29.6mm
Perforation : 13.5 X 14
Sheet : 50 stamps
Quantity : 1 million
Designer : K. K. Karmacharya
Printed by : Government Printing Office, Vienna, Austria

카지 칼루 판데(Kaji Kalu Pande)

네팔 역사에서 대단한 용기의 상징으로 알려져 있는 칼루 판데(Kalu Pande)는 빔 라즈 판데(Bhim Raj Pande)의 첫째 아들이다. 그는 1770BS에 태어났다.

1800BS에 프리스비 나라얀 샤(Prithvi Narayan Shah) 대왕으로부터 '카지(Kaji)'라는 명칭을 얻은 칼루 판데는 네팔의 통일 운동이 일어날 때 대왕의 오른쪽 팔이라고 여겨졌다. 대왕이 누와코트(Nuwakot), 벨코트(Belkot), 날둠(Naldum), 타디(Tadi), 쉬란 초크(Sihran Chowk) 등의 작은 공국들을 통합함으로써 강력한 골카(Gorkha) 주를 세우는 데 성공했던 것은 칼루 판데의 리더십 덕분이었다.

그는 계속해서 14년 연속으로 통일 운동에 참가했다. 칼루 판데는 19번째 제스타(Jestha) 1814BS의 발쿠(Balkhu) 강의 둑에서 수많은 골카(Gorkha) 군인들과 함께 목이 잘렸던 킬티푸르(Kirtipur)와의 첫 전투에서 그의 나이 44세 때 나라를 위해 자신의 목숨을 바쳤다.

이 기념 우표는 네팔의 불후의 아들을 기념하는 의미에서 발행되었다.

NP no.640 & Sc#587

▶ Technical Details ·······························

Description : Pushpa Lal Shrestha
Date of Issue : 6 August 1996
Value : Re 1.00
Color : Multicolour
Overall Size : 38.5mm X 29.6mm
Perforation : 13.5 X 14
Sheet : 50 stamps
Quantity : 1 million
Designer : K. K. Karmacharya
Printed by : Government Printing Office, Vienna, Austria

푸쉬파 랄 스레샤(Pushpa Lal Shrestha)

라메차프(Ramechhap) 구역의 바게리(Bhageri)에서 1981BS에 태어난 푸쉬파 랄 스레샤(Pushpa Lal Shrestha)는 어릴 적부터 부당함과 폭력에 맞섰다. 그는 1998BS부터 공산주의 철학으로부터 영향을 받았다. 1949년 4월 22일에 네팔 공산당의 조직을 만든 그는 네팔 공산당의 성명서를 발행한 이후 당의 창립 사무총장이 되었다. 네팔 공산당의 중앙위원회의 일원으로서 그는 2009BS에 열린 첫 공산당 국제협정부터 2019BS에 열린 세 번째 국제협정까지 네팔 공산주의 운동을 이끌었다. 그는 푸쉬파 랄(Pushpa Lal) 혹은 마이라 다이(Maila Dai)라는 애칭으로 사람들한테 알려져 있었다.

'정치 정당은 지도자를 기원으로 하는 것이 아닌 정책을 기원으로 하는 것이다' 가 푸쉬파 랄(Pushpa Lal)의 제일 큰 좌우명이었다. 그는 판차야트(Panchayat) 정권을 끝내기 위한 시민연합 운동에 찬성했는데, 2046BS에 정권의 종식이 현실이 되었다. 그는 항상 마르크스주의를 창의적으로 사용했다. 그는 2035BS에 숨을 거두었다.

이 기념 우표는 사람들의 삶을 바꾸기 위해 언제나 생각에 잠겨 있었던 불후의 공산주의 지도자를 기리기 위해 발행되었다.

NP no.641 & Sc#590

▶ Technical Details ·······································

Description : Suverna Shamsher Rana
Date of Issue : 6 August 1996
Value : Rs.5
Color : Multicolour
Overall Size : 38.5mm X 29.6mm
Perforation : 13.5 X 14
Sheet : 50 stamps
Quantity : 1 million
Designer : K. K. Karmacharya
Printed by : Government Printing Office, Vienna, Austria

수베르나 샴샤 라나(Suvarna Shamsher Rana)

1910년에 히라냐 샴샤 라나(Hiranya Shamsher Rana)의 아들로 태어난 수베르나 샴샤 라나(Suvarna Shamsher Rana)는 네팔 민주당을 창당함으로써 네팔 정치에 기여했다. 그는 그가 집권 세력인 라나(Rana) 독재자 집안에서 태어났다는 사실과는 대조적으로 2007BS에 일어난 역사적인 민주운동 당시에 최고사령관으로서 당시에 세워진 해방군을 위해 복무했다. 국가에서 민주주의가 출현한 이후 그는 장관 임시 공동협의회에서 재무부 장관을 역임했다. 또한 그는 네팔 국회 정부가 집권했을 때 마트리카 프라사드 코이랄라(Matrika Prasad Koirala) 총리의 지위 하에 기획재정부 장관으로 일했다. 나중에 그는 모든 정당 연립정부 장관회의의 의장이 되었다. '트리부반 프라자탄트리크(Tribhuvan Prajatantrik) 길' 장식으로 공경을 받은 이 자유운동가는 항상 민주주의의 성취를 위해 고군분투했으며 결국 1977년 11월 9일에 칼쿠타(Calcutta)에서 이 세상을 떠났다.

이 우표는 네팔의 불후의 아들을 기리기 위해 발행되었다.

NP no.642 & Sc#588

▶Technical Details ·······································

Description : Hem Raj Sharma
Date of Issue : 6 August 1996
Value : Re 1.00
Color : Multicolour
Overall Size : 30mm X 40mm
Perforation : 14 X 14
Sheet : 50 stamps
Quantity : 1 million
Designer : M. N. Rana
Printed by : Government Printing Office, Vienna, Austria

헴 라즈 샤르마(Hem Raj Sharma)

헴 라즈 샤르마(Hem Raj Sharma) 학자는 1935BS 아샤드(Ashadh) 20일에 카트만두에서 태어났다. 그의 아버지 록 라즈 판디(Lok Raj Pandey)로부터 받은 우수한 교육 이외에도 그는 강가다르 샤스트리(Gangadhar Shastri)와 바이자나스 딕시트(Baijanath Dixit)로부터 교육을 받았다. 기초 문법 교재인 "찬드리카(Chandrika)"의 작가였던 그는 '카쉬야프 산히타코 부미카(Kashyap Sanhitako Bhumika)'라고 불리는 작품도 만들어 냈다. 그는 또한 '골카 닥신바후(Gorkha Dakshinbahu)'로 장식되었으며 그의 네팔 언어와 문학으로의 두드러지는 공헌으로 저명한 학자라는 뜻의 '비드와치로마니(Biddwatchhiromani)'라는 칭호를 얻었다. 그가 2010BS에 생을 마감했음에도 불구하고, 이 불후의 학자는 그에 대한 굉장한 존중과 공경으로 기억되고 있다.

이 우표는 이러한 유능한 언어학자를 기리는 의미에서 발행되었다.

NP no.643 & Sc#589

▶ Technical Details ·······································

Description : Padma Prasad Bhattarai
Date of Issue : 6 August 1996
Value : Rs 3.00
Color : Multicolour
Overall Size : 30mm X 40mm
Perforation : 14 X 14
Sheet : 50 stamps
Quantity : 1 million
Designer : M. N. Rana
Printed by : Government Printing Office, Vienna, Austria

파드마 프라사드 바타라이(Padma Prasad Bhattarai)

1953BS에 자낙푸르(Janakpur) 지대의 람체프(Ramechhap) 구역에서 태어난 파드마 프라사드 바타라이(Padma Prasad Bhattarai) 학자는 모다나스, 솜낫 시그델, 락스만 샤스트리(Modanath, Somnath Sigdel, Laxman Shastri)와 같이 유명한 선생님들로부터 교육을 받았다. 당시 왕실 회의의 일원이었던 바타라이(Bhattarai)는 2014BS부터 네팔 산스크리트(Sanskrit) 왕립대학의 교장으로 일했다. 그는 산스크리트(Sanskrit) 문학에 있어서 유명한 학자였다. '프라발 골카 닥신바후(Prabal Gorkha Dakshinbahu)' 라는 말로 공경을 받았던 그는 인도에서 그의 뛰어난 재능에 대한 공경으로 붙여 준 정의의 보석을 뜻하는 '냐야 라트나(Nyaya Ratna)' 라는 칭호를 얻었다. 그는 또한 베다스, 푸라나스(Vedas, Puranas), 정의, 문학 그리고 아유르베다(Ayurveda)의 개척자로 인정받는다. 그는 2030BS에 생을 마감했다.

이 우표는 이 학자를 기념하기 위해 발행되었다.

NP no.644 & Sc#591

▶Technical Details ·······································

Description : Bhawani Bhikshu
Date of Issue : 6 August 1996
Value : Rs.5
Color : Multicolour
Overall Size : 30mm X 40mm
Perforation : 14 X 14
Sheet : 50 stamps
Quantity : 1 million
Designer : M. N. Rana
Printed by : Government Printing Office, Vienna, Austria

바와니 빅슈(Bhawani Bhikshu)

그의 점성술에 따르면 바와니 빅슈(Bhawani Bhikshu)의 출생년도는 1966BS로 기록되어 있지만 그는 실제로 1971BS에 태어난 것으로 일컬어진다. 소설가이자 이야기 작가였던 그는 네팔 문학에 있어서 큰 기여를 했으며 힌두교 문학에서 '쿨부샨(Kulbhushan)'의 지위를 얻었다. 그는 2008BS에 '샤라다(Sharada)'의 편집자로 일했으며 2013BS까지 출판부장으로 일했으며 2018BS부터 2027BS까지 네팔 왕실 학술회의 학술위원으로 일했다. 그는 4권의 이야기 모음집, 3권의 시 모음집, 4권의 소설 그리고 수많은 희곡과 수필들을 출판했다. 그는 그의 네팔 문학에서 질적으로도 양적으로도 우수한 작품들을 내어서 마단 푸라스카(Madan Puraskar), 사자 푸라스카(Sajha Puraskar), 트리부반 푸라스카(Tribhuvan Puraskar) 등의 상을 받으며 공경을 받았다. 그는 2038BS에 세상을 떠났다.

이 우표는 이러한 다재다능한 문학가를 기리는 의미에서 발행되었다.

NP no.673 & Sc#614

▶Technical Details ·····································

Description : Riddhi Bahadur Malla
Date of Issue : 6 November 1997
Value : Rs 2.00
Color : Multicolour
Overall Size : 37.67mm X 25.73mm
Perforation : 11.5 X 11.5
Sheet : 50 stamps
Quantity : 1 million
Designer : M. N. Rana
Printed by : Helio Courvoisier S.A. Switzerland

리드히 바하두르 말라(Riddhi Bahadur Malla)

리드히 바하두르 말라(Riddhi Bahadur Malla)는 1898년에 그의 아버지 빌 바하두르 말라(Bir Bahadur Malla)가 정 바하두르(Jung Bahadur)의 딸인 '칸치 마이아(Kanchhi Maiya)'의 집안일을 돌봤던 장소인 바라나시(Varanasi)에서 태어났다. 그는 가장 유명한 문학 잡지인 "사라다(Sarada)"의 출판 및 편집을 담당하였다. 그의 아들 고빈다 바하두르 말라(Govinda Bahadur Malla)는 그의 영향으로 18세 때 글쓰기를 시작했다. 그는 1968년에 숨을 거두었다.

NP no.674 & Sc#615

▶ Technical Details

Description : Dr. K. I. Singh
Date of Issue : 6 November 1997
Value : Rs 2.00
Color : Multicolour
Overall Size : 37.67mm X 25.73mm
Perforation : 11.5 X 11.5
Sheet : 50 stamps
Quantity : 1 million
Designer : M. N. Rana
Printed by : Helio Courvoisier S.A. Switzerland

쿤와르 인데르짓 싱(Kunwar Inderjit Singh)

K. I. 싱^(Singh) 박사로 널리 알려진 쿤와르 인데르짓 싱^(Kunwar Inderjit Singh)은 1957년에 4개월 동안 네팔 총리를 역임했다. 그는 네팔 의회의 일원이었으며 1981년에 그는 결렬된 네팔 의회 수바르나^(Subarna)에 참가했다.

K. I. 싱 박사는 또한 네팔의 라나^(Rana) 독재 정권에 맞서는 혁명에 있어 중요한 역할을 했다. 그는 1932년부터 1934년까지 인도와 당시 일본 점령지였던 부르마^(Burma)에서 일했다. 1946년에 그는 네팔 국민회의당에 참여했고 1950년부터 1951년까지 네팔의 민주주의 설립을 위해 라나 정권에 반하는 혁명에 적극적으로 참여했다. 1950년 협정에 대한 그의 강력한 반대 때문에 그는 6개월 동안 구속되어 감옥 생활을 했다. 그는 탈출해서 중국으로 도망갔지만, 마헨드라^(Mahendra) 왕의 사면 이후에 돌아왔다. 그는 또한 1957년에 4개월간 총리직을 역임했다. 그는 사트야그라하^(Satyagraha)에 연루되었다는 이유로 17개월 동안 감옥에 갔지만 1965년 대법원의 명령 이후에 풀려났다. 그는 또한 두 번의 임기 동안 라스트리아 판차야트^(Rastriya Panchayat)의 일원으로 임명되었다. 그는 네팔 대부의 정직하고 두려워하지 않는 아들이었다. 1982년에 그는 76세의 나이로 후두암으로 세상을 떠났다.

NP no.689 & Sc#629

▶Technical Details ·······································

Description : Ram Prasad Rai
Date of Issue : 26 June 1998
Value : 75 paisa
Color : Black / Brown
Overall Size : 28mm X 35.96mm
Perforation : 14 X 14
Sheet : 50 stamps
Quantity : 1 million
Designer : K. K. Karmacharya
Printed by : Government Printing Office, Vienna, Austria

람 프라사드 라이(Ram Prasad Rai)

 민주주의 군사였던 람 프라사드 라이(Ram Prasad Rai)는 1965BS에 보주파 마지키란트(Bhojpur Maajhkirant)에서 태어났다. 1980BS에 그는 영국과 인도 연합 골카(Gorkha) 부대에서 9년간 참전을 했다. 그리고 나서 그는 모국으로 돌아와 처음에 프라자 파리샤드(Praja Parishad)에 참여했다. 그는 프라자 파리샤드(Praja Parishad)를 떠나서 독립적인 애국주의자로서 민주주의 설립에 참여했다. 그는 2007BS에 스스로 독립부대를 만들었는데, 이들은 보주파 마지키란트(Bhojpur Maajhkirant)를 해방시켰다. 2008BS에 그가 투옥되었고 같은 해에 음모로 살해당했다고 전해져 내려온다.

NP no.690 & Sc#630

▶Technical Details ···

Description : Imansingh Chemjong
Date of Issue : 26 June 1998
Value : Re 1.00
Color : Black / Violet
Overall Size : 28mm X 35.96mm
Perforation : 14 X 14
Sheet : 50 stamps
Quantity : 1 million
Designer : K. K. Karmacharya
Printed by : Government Printing Office, Vienna, Austria

이만싱 쳄종(Imansingh Chemjong)

키란티(Kiranti) 언어와 문학의 전문가였던 이만싱 쳄종(Imansingh Chemjong)은 1904년에 인도 칼림퐁(Kalimpong)에서 태어났다. 그는 제2의 스리준가(Sirijunga) 이후에 스리준가(Sirijunga) 대본을 회복시켰다. 키란티(Kiranti) 언어와 문화를 배운 사람으로서, 그리고 문화적 투쟁자로서, 그는 특히 림부(Limbu) 언어, 대본, 문학, 문화, 종교, 철학(문드훔(Mundhum)에 소중히 간직되어 있는) 그리고 역사 분야에 대해 키란티(Kiranti) 언어로 쓰여진 책으로 키란티(Kiranti) 언어에 큰 기여를 했다. 그는 트리부반(Tribhuvan) 대학에서 키란티(Kiranti) 언어와 문학 전문가로 일했다. 그는 1975년에 숨을 거두었다.

NP no.691 & Sc#631

▶Technical Details ·······································

Description : Tulsi Meher Shrestha
Date of Issue : 26 June 1998
Value : Rs 2.00
Color : Black / Blue
Overall Size : 28mm X 35.96mm
Perforation : 14 X 14
Sheet : 50 stamps
Quantity : 1 million
Designer : K. K. Karmacharya
Printed by : Government Printing Office, Vienna, Austria

툴시 메헤르 슈레사(Tulsi Meher Shrestha)

　사회사업가였던 툴시 메헤르 슈레사(Tulsi Meher Shrestha)는 1953BS에 라릿푸르(Lalitpur)에서 태어났다. 그는 인도 사바르마티 아슈람(Sabarmati Ashram)에서 고 마하트마 간디(Mahatma Gandhi)한테서 회전하고 옷을 짜는 훈련을 받았다. 그는 정식 학력이 없었음에도 불구하고 1983BS에 교육의 중요성을 전함으로써 사회사업에 뛰어들었다. 그는 '네팔 차르카 프라차라크 마하구티(Charkha Pracharak Mahaguthi)'의 설립자였다. 이 미혼의 사회사업가는 1977년에 자와하랄 네후루(Jawaharlal Nehru) 국제 이해상을 받았다. 그는 2035BS에 숨을 거두었다.

NP no.692 & Sc#632

▶Technical Details ·······································

Description : Dadhi Ram Marasini
Date of Issue : 26 June 1998
Value : Rs 2.00
Color : Black / Green
Overall Size : 28mm X 35.96mm
Perforation : 14 X 14
Sheet : 50 stamps
Quantity : 1 million
Designer : K. K. Karmacharya
Printed by : Government Printing Office, Vienna, Austria

다디 람 마라시니(Dadhi Ram Marasini)

산스크리트(Sanskrit)어의 전문가였던 다디 람 마라시니(Dadhi Ram Marasini)는 1939BS에 키팀(아르가칸치, Khidim(Arghakhanchi))에서 태어났다. 교장의 지위 하에서 하리하르 산스크리트 파스샬라(Harihar Sanskrit Pathshala)는 1994BS에 키팀에서 설립되었다. 그는 그의 인생의 절반을 교육을 전파하는 데 시간을 보냈다. 그러고 나서 그는 그의 인생의 나머지 절반을 요가-사다나(Yoga-sadhana)과 시를 작성하는 데 시간을 보냈다. 그가 산스크리트어와 네팔어로 작성한 시들은 칼리다스(Kalidas) 시인의 시들과 같은 최고의 위치에 올랐다. 다디 람 마라시니는 2020BS에 이 세상을 떠났다.

NP no.693 & Sc#633

▶ Technical Details ·····································

Description : Mahananda Sapkota
Date of Issue : 26 June 1998
Value : Rs 5.40
Color : Black / Red
Overall Size : 28mm X 35.96mm
Perforation : 14 X 14
Sheet : 50 stamps
Quantity : 1 million
Designer : K. K. Karmacharya
Printed by : Government Printing Office, Vienna, Austria

마하난다 삽코타(Mahananda Sapkota)

언어학자 마하난다 삽코타(Mahananda Sapkota)는 1953BS에 드웬체프(일람, Dewanchhap(Ilam))에서 태어났다. 그는 여러 문학작품들로 네팔 문학에서 중요한 위치를 얻었다. 더불어 그는 서로 다른 장소에서 여러 학교들을 설립하는 데에 공이 있었다. 그는 마단 푸라스카(Madan Puraskar)와 인드라 라즈야 락스미 프라그야 푸라스카(Indra Rajya Laxmi Pragya Puraskar) 상을 받았다. 그는 2007BS에 일어난 혁명 직후 메키(Mechi) 지방정부의 교육부장관이 되었다. 언어학자 마하난다 삽코타는 2035BS에 숨을 거두었다.

NP no.694 & Sc#635

▶ Technical Details ·······························

Description : Senior Democratic Leader Ganesh Man Singh
Date of Issue : 18 September 1998
Value : Rs 5.00
Color : Black / Brown
Overall Size : 30.81mm X 41.10mm
Perforation : 14 X 14
Sheet : 50 stamps
Quantity : 1 million
Designer : K. K. Karmacharya
Printed by : Helio Courvoisier S.A. Switzerland

가네쉬 만 싱(Ganesh Man Singh)

민주당 대표 가네쉬 만 싱(Ganesh Man Singh)은 1915년 11월 9일 카트만두
에서 태어났다. 그는 그의 정치적 경력을 1938년에 시작했고 1939년에 프
라자 파리샤드(Praja Parishad)의 일원이 되었다. 그는 정치 활동에 참가했다

는 이유로 종신형과 재산 몰수를 선고받았다. 그는 4년을 카트만두의 바드라골(Bhadragol) 감옥에서 보냈으며 감옥에서 탈출하여 그가 유명 지도자 고 B. P. 코이랄라(B. P. Koirala)와 함께 형성했던 네팔 국회가 있는 칼쿠타(Calcutta)로 갔다. 라나(Rana)의 과도 정치를 타도하는 데 성공적이었던 1951년에 일어난 개혁 이후, 그는 연립정부의 산업과 무역 장관이 되었다. 1958년 첫 총선에서 그는 카트만두 선거구 국회의원으로 당선되었다. 결과적으로 그는 1960년에 민주적으로 선출된 정부가 해산될 때까지 노동과 교통부 장관을 맡았다. 이러한 갑작스러운 순간은 그가 8년간 순다리자르(Sundarijal) 감옥에 머무르도록 만들었다. 1968년에 감옥에서 풀려나면서 그는 인도로 망명을 간 뒤 8년 뒤인 1976년에 네팔로 돌아왔다. 그 이후로, 이 지도자는 네팔의 민주주의 복원을 위한 노력으로 바쁜 나날을 보냈다.

1985년에 그는 공산당의 일곱 파벌들이 이 운동에 참여하도록 처음으로 설득하면서 사트야그라하(Satyagraha) 운동을 이끌었지만, 미스테리한 폭탄 폭발로 인해 이 운동은 취소되었다. 1990년 1월에 마침내 네팔에서 민주주의를 회복한 그의 뛰어난 지도력 하에서 대중운동을 조직화하기 위해서 만장일치의 결정이 내려졌다. 그때 역시, 그는 선동죄로 투옥되었다.

가네쉬 만 싱은 1990년에 네팔 및 전 세계의 평화에 대한 공헌과 그의 지도력으로 미국의 '평화상'을 수상했다. 그는 1993년에 사람들의 권리에 대한 그의 두드러지는 업적을 인정받아 '우 탄트(U Thant) 평화상'과 UN상을 수상했다. 민주당 대표 가네쉬 만 싱은 82세의 나이로 1997년 9월 18일에 세상을 떠났다.

이 우표는 민주당 대표였던 용감한 가네쉬 만 싱의 두드러지는 공헌을 기리는 기념으로 발행되었다.

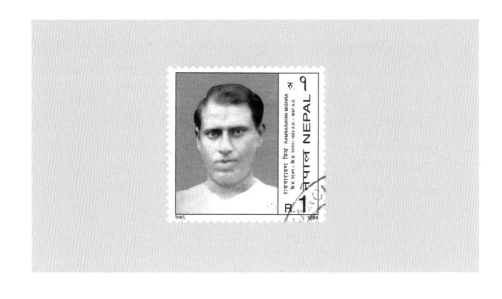

NP no.715 & Sc#656

▶ Technical Details ·····································

Description : Ram Narayan Mishra
Date of Issue : 20 November 1999
Value : Re 1.00
Color : Multicolour
Overall Size : 29mm X 29mm
Perforation :
Sheet : 50 stamps
Quantity : 1 million
Designer : M. N. Rana
Printed by : Govt. Printing Office, Vienna, Austria

람 나라얀 미슈라(Ram Narayan Mishra)

람 나라얀 미슈라(Ram Narayan Mishra), 1922년에 마호타리(Mahottari) 구에서 태어난 람 나라얀 미슈라는 28세 때부터 민주주의 운동에 참여하였다. 1950년에 그는 적극적으로 무장 혁명에 참여했다. 2017BS에 민주주의가 몰락한 이후, 그는 구속되어 감옥에 갇혔다. 이 자유 투쟁자는 1967년에 사망했다.

이 기념 우표는 이러한 우리가 자랑스러워하는, 잊을 수 없는 인물들을 기념하기 위해 발행되었다.

NP no.716 & Sc#658

▶ Technical Details ··································

Description : Master Mitrasen
Date of Issue : 20 November 1999
Value : Re 1.00
Color : Multicolour
Overall Size : 29mm X 29mm
Perforation :
Sheet : 50 stamps
Quantity : 1 million
Designer : M. N. Rana
Printed by : Govt. Printing Office, Vienna, Austria

마스터 미트라센(Master Mitrasen)

마스터 미트라센(Master Mitrasen)의 조상의 고향은 당시 네팔 서부의 바그렁
(Baglung) 구역이었다. 그는 1895년 인도의 히만차르 프라데쉬(Himanchal Pradesh)
에서 태어났다. 그는 다재다능한 예술가였다. 시인, 극작가, 포크 가수,
작곡가, 단편작가 등으로서 그는 네팔 공동체로부터 굉장한 명성을 얻
었다. 이 유명 예술가는 1946년에 인도에서 숨을 거두었다.

NP no.717 & Sc#657

▶ Technical Details ·······································

Description : Bhupi Sherchan
Date of Issue : 20 November 1999
Value : Re 1.00
Color : Multicolour
Overall Size : 29mm X 29mm
Perforation :
Sheet : 50 stamps
Quantity : 1 million
Designer : M. N. Rana
Printed by : Govt. Printing Office, Vienna, Austria

뷔피 샤르찬(Bhupi Sherchan)

유명 시의 모음집인 "굼네 메크 마시 엔드호 만체(Ghumne Mech Mathi Andho Manche)"의 저자 뷔피 샤르찬(Bhupi Sherchan)은 1935년에 무스탕(Mustang)에서 태어났다. 그의 다른 주요 출판물로는 파리바탄, 나야 즈예레(Paribartan, Naya Jhyaure) 등이 있다. 그는 샤즈하(Shajha) 상과 골카 닥신 바후(Gorkha Dakshin Bahu) 상을 받았다. 이 유명한 시인은 1989년에 숨을 거두었다.

NP no.718 & Sc#661

▶Technical Details ·····································

Description : Mangala Devi Singh
Date of Issue : 20 November 1999
Value : Rs 2.00
Color : Multicolour
Overall Size : 29mm X 29mm
Perforation :
Sheet : 50 stamps
Quantity : 1 million
Designer : M. N. Rana
Printed by : Govt. Printing Office, Vienna, Austria

망갈라 데비 싱(Mangala Devi Singh)

망갈라 데비 싱(Mangala Devi Singh)은 1924년에 카트만두에서 태어났다. 그녀는 민주주의 최고 지도자였던 그녀의 남편 가네쉬 만 싱(Ganesh Man Singh)이 구속된 직후 정치계에 뛰어들었다. 네팔여성협회의 설립자였던 망갈라 데비 싱은 그녀의 일생 동안 여러 민주주의 운동에 적극적으로 참여했다. 그녀는 1990년 대중적인 운동에서 적극적이었다. 이 자유 투쟁가는 1996년에 카트만두에서 숨을 거두었다.

NP no.719 & Sc#660

▶Technical Details ·····································

Description : Gopal Prasad Rimal
Date of Issue : 20 November 1999
Value : Rs 2.00
Color : Multicolour
Overall Size : 29mm X 29mm
Perforation :
Sheet : 50 stamps
Quantity : 1 million
Designer : M. N. Rana
Printed by : Govt. Printing Office, Vienna, Austria

고팔 프라사드 리말(Gopal Prasad Rimal)

"마산, 요 프렘, 아마코 사파나(Masan, Yo Prem, Amako Sapana)"의 저자인 고팔 프라사드 리말(Gopal Prasad Rimal)은 1917년에 카트만두에서 태어났다. 그는 마단(Madan) 상과 트리부반(Tribhuwan) 상으로 공경을 받았다. 극작가 리말(Rimal)은 1973년에 카트만두에서 숨을 거두었다.

NP no.720 & Sc#659

▶ Technical Details ···

Description : Rudra Raj Pandey
Date of Issue : 20 November 1999
Value : Rs 2.00
Color : Multicolour
Overall Size : 29mm X 29mm
Perforation :
Sheet : 50 stamps
Quantity : 1 million
Designer : M. N. Rana
Printed by : Govt. Printing Office, Vienna, Austria

루드라 라즈 판디(Rudra Raj Pandey)

네팔 문학에서 유명했던 루드라 라즈 판디(Rudra Raj Pandey)는 1901년에 카트만두에서 태어났다. 그는 특히 소설과 독백을 전공으로 하였다. 그의 주요 창작물로는 "루파마티(Rupamati), 참파카지(Champakaji), 프라야스힛(Prayaschhit), 프렘(Prem), 헤르페르(Herpher), 함로 가우랍(Hamro Gaurab)" 등이 있다. 그는 카트만두에서 1987년에 숨을 거두었다.

NP no.735 & Sc#678

▶ Technical Details ·······································

Description : Hridayachandra Singh Pradhan
Date of Issue : 7 September 2000
Value : Rs 2.00
Color : Green / Black
Overall Size : 30mm X 40mm
Perforation :
Sheet : 50 stamps
Quantity : 1 million
Designer : K. K. Karmacharya
Printed by : Govt. Printing Office, Vienna, Austria

흐리다야찬드라 싱 프라드한(Hridayachandra Singh Pradhan)

1972BS에 카트만두에서 태어났고 '찬드라 프라사드(Chandra Prasad)'라는 이름으로 세례받은 흐리다야찬드라 싱 프라드한(Hridayachandra Singh Pradhan)은 네팔 문학에서 잘 알려진 인물이다. 네팔 문학의 문학비평가로 선정된 그는 문학비평으로 유명할 뿐만 아니라 네팔 문학의 모든 분야에서 다재다능한 것으로도 유명하다. 그는 수필인 "에크 치한(Ek Chihan)", 희곡인 "강가 랄 코 치타(Ganga Lal Ko Chita)", 수필 모음집인 "준가(Junga)", 이야기 모음집인 "우사코 안수(Usako Ansu)" 등과 같은 여러 유명 문학작품들을 만들어 낸 것으로 유명했다. 2007BS에 일어난 민주주의 운동 당시에 투옥된 프라드한은 또한 네팔 바샤 프라차르 사미티(Bhasha Prachar Samity, 네팔어 출판위원회)의 저자이기도 했다. 그는 2016BS에 이 세상을 떠났다.

이 우표는 문학가 흐리다야찬드라 싱 프라드한을 기념하기 위해 발행되었다.

NP no.736 & Sc#679

▶Technical Details ·······································

Description : Thir Bam Malla
Date of Issue : 7 September 2000
Value : Rs 2.00
Color : Brown / Black
Overall Size : 30mm X 40mm
Perforation :
Sheet : 50 stamps
Quantity : 1 million
Designer : K. K. Karmacharya
Printed by : Govt. Printing Office, Vienna, Austria

틸 밤 말라(Thir Bam Malla)

틸 밤 말라(Thir Bam Malla)는 1981BS에 바그렁(Baglung)에 있는 갈콧(Galkot)에서 태어났다. 그는 라나(Rana) 정권을 상대로 투쟁하기 위한 독립부대인 묵티 세나(Mukti Sena)를 구성했다. 네팔 사람들한테서 민주주의 분위기를 불러일으키는 일을 성공적으로 해낸 말라는 2007BS에 빌군즈(Birgunj)를 장악했다. 같은 해에 그는 대중 인식 연설을 시작하기 직전에 라나 지배층의 지지자가 그를 향해 겨눈 총알에 의해 죽임을 당했다. 그는 용감하게 죽음을 받아들였기 때문에 순교자가 되었다.

이 우표는 그의 국가로의 헌신을 기리기 위해 발행되었다.

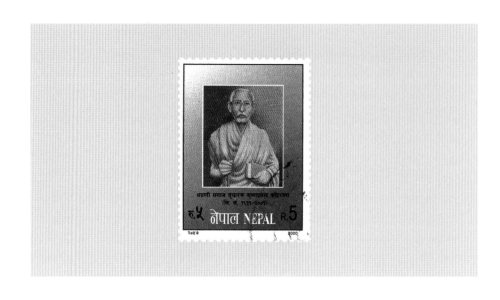

NP no.737 & Sc#680

▶ Technical Details ·······································

Description : Krishna Prasad Koirala
Date of Issue : 7 September 2000
Value : Rs.5
Color : Blue / Black
Overall Size : 30mm X 40mm
Perforation :
Sheet : 50 stamps
Quantity : 1 million
Designer : K. K. Karmacharya
Printed by : Govt. Printing Office, Vienna, Austria

크리슈나 프라사드 코이랄라(Krishna Prasad Koirala)

1936BS에 신드홀리(Sindhuli)에 있는 둔자(Dunja)에서 태어난 크리슈나 프라사드 코이랄라(Krishna Prasad Koirala)는 비레트나가르(Biratnagar)에 있는 최초의 근대 학교인 '아다르샤 비드야라야(Adarsha Vidyalaya)'의 설립자이다. 그는 민주주의 지지자였으며 인권 지지자였다. 그는 여러 산업을 창립하는 데에 기여를 했고 또한 '우드효기골라(Udhyogigola)'라고 불리는 협동조합의 창시자이기도 했다. 그는 또한 비레트나가르에 칼리(Kali) 사원을 세웠다. 그는 라나(Rana) 정권에 반대하는 운동에 참여했다는 이유로 국가로부터 3번이나 재산을 몰수당했다. 그는 11년간 인도로 망명을 갔다. 사회 개혁의 주역이었던 크리슈나 프라사드 코이랄라는 1999BS에 카트만두에서 투옥당했고 2001BS에 감옥에서 죽음을 맞이했다.

이 기념 우표는 이 주목할 만한 인물을 기리기 위해 발행되었다.

NP no.738 & Sc#681

▶ Technical Details ·······································

Description : Manmohan Adhikari
Date of Issue : 7 September 2000
Value : Rs.5
Color : Orange / Black
Overall Size : 30mm X 40mm
Perforation :
Sheet : 50 stamps
Quantity : 1 million
Designer : K. K. Karmacharya
Printed by : Govt. Printing Office, Vienna, Austria

마나모한 아드히카리(Manamohan Adhikari)

네팔 민주주의 운동의 지도자일 뿐만 아니라 좌파의 지도자였던 마나모한 아드히카리(Manamohan Adhikari)는 1978BS에 카트만두에서 태어났다. 그는 그의 정치적 업적을 21세의 나이에 시작했으며 인도 민주주의 운동에도 참여했다. 라나(Rana) 지배층의 독재 정치에 맞서 싸우는 동안 그는 2003BS에 비레트나가르(Biratnagar)에서 노동운동을 이끌었다. 2010BS에 네팔 공산당 사무총장으로 당선된 아드히카리는 2017BS에 국가에서 다당 체제가 폐지된 이후 8년간 투옥 생활을 했다.

2046BS에 다당 체제 민주주의의 복구를 위한 운동에서, 그는 판차야트(Panchayat) 체제에 반하는 운동을 지지했다는 이유로 구속당했다. 그는 그 운동이 성공적으로 일어난 뒤에 감옥에서 풀려났다. 2047BS에 마르크스주의와 레닌주의가 합쳐진 네팔 공산당의 의장으로 선출된 이후 아드히카리는 하원의 제1야당의 대표가 되었다. 그는 마르크스주의와 레닌주의가 합쳐진 네팔 공산당의 소수당 정부가 형성되었던 2051BS에 수상이 되었다. 반세기 동안 네팔의 정치적 운동에 있어 중요한 기여를 했던 마나모한 아드히카리는 2056BS 바이샤크(Baishakh) 13일에 생을 마감했다.

이 기념 우표는 항상 사람들의 삶을 바꾸기 위해 생각에 잠겨 있었던 불후의 인물을 기리기 위해 발행되었다.

NP no.751 & Sc#695

▶Technical Details ·······································

Description : Tulsi Lal Amatya
Date of Issue : 29 June 2001
Value : Rs 2.00
Color : Violet / Black
Overall Size : 30mm X 40mm
Perforation :
Sheet :
Quantity :
Designer :
Printed by : Helio Courvoisier S.A. Switzerland

아마트야, 툴시 랄(Amatya, Tulsi Lal)

아마트야, 툴시 랄(Amatya, Tulsi Lal)은 1916년 6월에 라릿푸르(Lalitpur) 코바할 톨(Kobahal Tole)에서 태어났다. 그는 공산주의 정당, 종교, 철학에 대한 책과 책자를 출판했다. 그는 1933년부터 적극적으로 정치적 사회적 운동에 참여했다. 그는 1947년 8월 15일에 인도의 독립을 위한 행진을 파탄(Patan)에서 주도한 혐의로 6개월간 감옥 생활을 하였다. 같은 해에 그는 기존의 은행 직종을 그만두고 정치계에 뛰어들었다. 인도에 가서 여러 간디 아슈람(Gandhi Ashram)들을 방문했던 그는 네팔로 돌아와서 전염병을 통제하기 위한 봉사단체를 조직하기 시작했다.

그는 1949년에 인도 칼쿠타(Calcutta)에서 네팔 공산당(NCP)을 설립한 주요 창립 멤버 중 한 명이다. 1958년에 그는 라릿푸르(Lalitpur)의 첫 국회의원 선거에서 당선되었고 국회에 의해 공산당의 지도자로 선출되었다. 1960년에 간다크(Gandak) 조약에 맞서는 저항 운동을 하다가 15일간 투옥되었고 그 뒤 18년간 인도로 자진해서 추방당했다. 1979년에 네팔로 돌아온 그는 1985년에 공산주의 운동을 하다가 다시 5개월 동안 감옥에 갇혔다. 그는 1990년에 유나이티드 레프트 프론트(United Left Front(ULF))를 설립한 주요 멤버이다. 그는 1990년 2월 18일에 민중운동에서 공산당을 상징하는 빨간 깃발을 들고 거리로 나온 첫 지도자이다. 그 후 그는 다시 감옥에 갇혔다 풀려났다. 1995년에 그는 중화인민공화국 왕립 네팔 대사가 되었으며 몽골과 북한 대사도 겸임하였다.

NP no.752 & Sc#692

▶ Technical Details ···································

Description : Khaptad Baba
Date of Issue : 29 June 2001
Value : Rs 2.00
Color : Purple / Black
Overall Size : 30mm X 40mm
Perforation :
Sheet :
Quantity :
Designer :
Printed by : Helio Courvoisier S.A. Switzerland

캅타드 바바(Khaptad Baba)

스와미 사치다난다(Swami Sachchidananda)라고도 알려져 있는 캅타드 바바
(Khaptad Baba)는 네팔의 높은 산간 지역을 여행한 영혼적 성인이었다. 그는
명상하고 숭배하기 위해 일람(Ilam), 칼린초크(Kalinchowk), 스와르가드와리
(Swargadwari), 무쉬콧(Mushikot), 찬다나스(Chandannath)에 임시로 정착하였고 1940
년대에 궁극적으로 캅타드(Khaptad) 계곡에 정착하였다. 그는 계곡에서 50
년 넘게 살았으며 1984년 캅타드 국립공원의 설립을 간과했다. 그는 힌
두교 성인으로 존경받고 있다. 국립공원 내에 은둔처, 사원, 석상 그리고
캅타드 호수가 남아 있다.

NP no.753 & Sc#693

▶Technical Details ·······································

Description : Sangha Nayak Bhiksu Pragyanand Mahasthavir
Date of Issue : 29 June 2001
Value : Rs 2.00
Color : Pink / Black
Overall Size : 30mm X 40mm
Perforation :
Sheet :
Quantity :
Designer :
Printed by : Helio Courvoisier S.A. Switzerland

빅슈, 샤크야난다 마하스타비르(Bhikshu, Shakyananda Mahasthavir)

빅슈, 샤크야난다 마하스타비르(Bhikshu, Shakyananda Mahasthavir)는 1910년 보주파(Bhojpur) 구역의 키카마차 바자르(Khikamacha Bazar)에서 태어났다. 그의 불교 관련 기사 중 수십 편은 여러 학술지와 잡지에 게재되었다. 그는 1922년까지 라릿푸르(Lalitpur) 구역에서 할아버지와 함께 유년 시절을 보냈다. 1930년에 할아버지가 돌아가신 이후 그는 보주파(Bhojpur)로 옮겨 갔고 그곳에서 그는 세속적인 삶을 버리도록 영감을 준 빅슈 마하드한(Bhikshu Mahadhan)을 만났다. 그는 라릿비스타(Lalitbistar)를 공부했고 사치치다난다 스와미(Sachchidananda Swami)를 만나서 그와 함께 프라나얌(Pranayam)을 배웠다. 그는 찬드라마니 구루(Chandramani Guru)를 만나서 그와 함께 스레므너 쉬크샤파드(Sramner Shikshapad)를 배웠다. 스레므너(Sramner)가 된 그는 1933년부터 그의 이름을 샤크야난다(Shakyananda)로 바꾸었다. 더 많은 공부를 하기 위해 그는 아크유타난다(Achyutananda)와 함께 부르마(Burma)로 이동했고 우파삼파다(Upasampada)와 팔리(Pali) 언어를 배웠으며 불교에 대해 공부하기 시작했다. 그는 8년간 부르마에서 지냈으며 비나야(Vinaya)와 아브히다르다사상그라하(Abhidharmartha Sangraha)를 공부했다. 불교 전파에 적극적으로 참여했던 그는 1944년 네팔 가운다 고스와라(Gaunda Goswara)에서 구속되었다. 종교 잡지인 다르모다야(Dharmodaya)에서 일했던 그는 1949년 탄센(Tansen)에 있는 불교 학교인 실 파스샬라(Shil Pathshala)와 협력했다.

NP no.754 & Sc#696

▶Technical Details ·····································

Description : Madan Lal Agrawal
Date of Issue : 29 June 2001
Value : Rs 2.00
Color : Sky Blue
Overall Size : 30mm X 40mm
Perforation :
Sheet :
Quantity :
Designer :
Printed by : Helio Courvoisier S.A. Switzerland

아그라왈, 마단 랄(Agrawal, Madan Lal)

회사원, 산업가 그리고 사회운동가였던 아그라왈, 마단 랄(Agrawal, Madan Lal)은 1924년 11월에 모랑(Morang) 구역의 비라트나가르(Biratnagar)에서 태어났다. 그는 어릴 적부터 사업을 시작하였고 다란(Dharan)에서 자가나스 데브라즈 마트리 세바 사단(Jagannath Devraj Matri Seva Sadan)을 설립했다. 그는 모랑 상인회 회장을 7년간, 네팔 해외수출입협회 회장을 6년간 역임했다. 또한 그는 네팔 상공회의소 연맹(FNCCI)의 경영 멤버로 6년간 있었다. 사업을 하면서 그는 모랑에서 교육, 스포츠 그리고 종교에 있어서도 적극적으로 공헌했다. 그는 비라트나가르에 있는 네팔 적십자사(NRCS)의 회계 담당자이자 카트만두 네팔 적십자사(NRCS)의 중앙위원회의 일원으로서 5년을 일했다. 그 뒤 모랑 구역으로 돌아온 그는 1975년 비라트나가르에서 쌀 및 논 수출위원회에서 경영위원회 의장을 역임했다.

NP no.755 & Sc#694

▶ Technical Details ·······································

Description : Guru Prasad Mainali
Date of Issue : 29 June 2001
Value : Rs 2.00
Color : Rose / Black
Overall Size : 30mm X 40mm
Perforation :
Sheet :
Quantity :
Designer :
Printed by : Helio Courvoisier S.A. Switzerland

구루 프라사드 메이날리(Guru Prasad Mainali)

구루 프라사드 메이날리(Guru Prasad Mainali)는 네팔의 단편 작가로, 카쉬 나스 메이날리(Kashi Nath Mainali)와 카쉬 루파 데비 메이날리(Kashi Rupa Devi Mainali) 사이에서 태어났다. 메이날리의 작품들은 네팔 단편집의 발전에 기여했다. 다 합쳐서, 그는 11개의 단편소설만 썼지만 네팔 사회에 대한 그의 지식은 그가 시골의 삶을 훌륭히 설명하도록 만들었다. 그의 이야기들만이 그의 시대에 현대 단편소설의 모든 특징을 가지고 있었다. 그는 문학 잡지 '샤라다(Sharada)'에 출판하기 위해 이야기를 쓰기 시작했다. 그의 첫 이야기는 "나소(Naso)"이다. 대부분의 그의 작품들은 1935년부터 1938년 사이에 출판되었다. 유명한 힌두교 공상 작가였던 프렘 찬드(Prem Chand)의 영향을 강하게 받은 메이날리는 네팔 시골 출신의 그의 등장인물들을 정성껏 다루었다. 판사가 한 지방법원에서 다른 지방법원으로 이동하면서 여러 지역의 다양한 사람들과 접촉했기 때문에, 그는 다양한 상황에서 가까운 곳에서 사람들의 성격을 관찰할 수 있는 충분한 기회를 가졌다. 그의 이야기에는 전통적 가치와 신념에 의해 개인에게 강요된 제약으로 네팔의 서민들이 빠져 있는 슬픈 곤경에 대한 설명이 있는데, 이는 오늘날까지도 최고라고 여겨진다. 그는 네팔 최초의 현대 단편소설가로 여겨진다. 그의 유명한 작품들로는 "나소(Naso), 파랄코 아고(Paralko Aago), 샤히드(Shaheed), 취메키(Chhimeki)" 등이 있다. 그의 작품들 중 일부는 네팔의 초등학교 및 중학교 교과서에 실려 있다.

NP no.783 & Sc#724

▶Technical Details ·································

Description : Daya Bir Singh Kansakar
Date of Issue : 8 December 2002
Value : Rs 2.00
Color : Red / Black
Overall Size : 26.5mm X 40mm
Perforation :
Sheet :
Quantity :
Designer :
Printed by : Austrian Govt, Printing Office, Vienna

다야 빌 싱 칸사카르(Daya Bir Singh Kansakar)

다야 빌 싱 칸사카르(Daya Bir Singh Kansakar)는 네팔의 사회운동가이자 네팔의 최초 헌혈자이다. 그는 또한 국내 최초의 사회봉사단체인 파로파카(Paropakar) 단체의 주요 설립자이기도 하다. 그는 1911년 카트만두에서 무역가였던 아버지 바와니 빌 싱 칸사카르(Bhawani Bir Singh Kansakar)와 어머니 락스미 데비(Laxmi Devi) 사이에서 태어났다. 그는 8학년까지 카트만두의 두르바르(Durbar) 고등학교에서 공부했고, 그 뒤로는 집에서 혼자 공부했다.

1944년 칸사카르는 위급한 상황의 환자들을 위해 카트만두 빌(Bir) 병원에 헌혈을 했고 네팔의 최초 헌혈자가 되었다. 그는 계속해서 사회적인 일에 참여했고, 불우이웃에게 무상으로 약을 나눠 주기도 했다. 1947년 9월 26일 파로파카는 제도적으로 봉사할 목적으로 그의 지도 하에 형성되었다.

1951년의 혁명과 네팔 민주주의의 출현 이후 파로파카 단체는 그 활동영역을 확장시켰다. 1952년 6월 23일 파로파카 고아원이 설립되었다. 같은 해에는 파로파카 고아원 중학교가 개설되었다.

칸사카르는 카트만두에 파로파카 인드라 라이야 락스미 데비 프라수티 그리하(Paropakar Indra Raiya Laxmi Devi Prasuti Griha) 산부인과 병원을 설립하기 위해 일했다. 프라수티 그리하(Prasuti Griha)라고 널리 알려져 있는 그것은 네팔 최초의 산부인과 병원이며 1959년 9월 26일에 문을 열었다. 칸사카르는 수직물을 선호하였고 네팔 전통 옷감을 생산하기 위해 카루나 카파(Karuna Kapa) 공장을 세웠다. 그는 또한 작가이기도 했으며 네팔 바사(Bhasa)에서 수많은 문학작품을 생산해 냈다.

NP no.788 & Sc#729

▶ Technical Details ·····································

Description : Babu Chiri Sherpa
Date of Issue : 27 June 2003
Value : 5 Rupee
Color : Multicolour
Overall Size : 30mm X 40mm
Perforation :
Sheet : 50 stamps
Quantity : 1 million
Designer : M. N. Rana
Printed by : Austrian Govt, Printing Office, Vienna

바부 치리 셰르파(Babu Chiri Sherpa)

    바부 치리 셰르파(Babu Chiri Sherpa)는 1965년 6월 22일에 네팔의 소루쿰부(Solukhumbu) 지역에서 태어났다. 어린 시절 그는 그가 사는 마을에 학교가 없었기 때문에 정식 교육을 받지 못했다. 어린 시절 그는 그의 마을을 둘러싸고 있는 산에 매료되었고 그는 16세 때 등반가로서 일을 하기 시작했다. 그는 에베레스트의 정상에 10번 올랐으며 에베레스트와 관련된 2개의 세계 기록을 가지고 있다. 첫 번째 기록은 1999년에 무산소로 에베레스트 정상에서 21시간을 보낸 것이고, 두 번째 기록은 2000년에 16시간 56분 만에 에베레스트 정상에 도달해 최단시간 등반 기록을 세운 것이다. 2001년 그는 11번째 에베레스트 등반에서 생을 마감했다. 2001년 4월 29일에 그는 제2캠프에서 사진을 찍다가 크레베세(Crevasse)에 추락했고 결국 사망했다. 그에게는 6명의 딸이 있었으며 그의 최종 꿈은 네팔에 학교를 설립하는 것이었다.

NP no.791 & Sc#732

▶Technical Details ·······································

Description : Dr. Dilli Raman Regmi
Date of Issue : 31 August 2003
Value : Rs.5
Color : Brown / Black
Overall Size : 30mm X 40mm
Perforation :
Sheet : 50 stamps
Quantity : 1 million
Designer : M. N. Rana
Printed by : Austrian Govt, Printing Office, Vienna

딜리 라만 레그미(Dilli Raman Regmi)

딜리 라만 레그미(Dilli Raman Regmi)는 1913년 12월 17일에 로히니 라만 레그미
(Rohini Raman Regmi)와 묵티데비 레그미(Muktidevi Regmi)의 외동아들로 태어났다. 어
릴 적 교육을 라니 포카리 산스크리트 파스샬라(Rani Pokhari Sanskrit Pathshala)에

서 받았던 그는 두르바르(Durbar) 고등학교를 입학했고 더 높은 교육을 추구했다. 그 결과 그는 파트나(Patna)에 있는 대학교에 입학하여 1936년에 경제학 분야의 환영을 받으며 졸업했다. 파트나에 있는 대학교에서는 1961년에 그에게 경제학 박사 학위를 수여했다. 그는 1965년에 같은 대학에서 네팔인 중 처음으로 문학박사 학위를 취득했다. 마찬가지로, 그는 인도 바깥의 해외 국가에서 최고의 학위로 손꼽히는 구 소련 연합으로부터 과학 박사학위를 받은 첫 네팔인이다. 그는 그가 조금도 변함 없이 열정을 쏟았던 분야인 정치와 역사에 관련된 책을 쓰는 데 심혈을 기울였다.

1934년부터 레그미 박사는 결과적으로 네팔 국민회의를 설립하고 1947년 1월에 인도 칼쿠타(Calcutta)에서 공식적 취임을 도래했던 민주주의 조직을 형성하는 데 비밀리에 시간을 투자했다. 인도로 유배가 있는 동안 레그미 박사는 인도에 있는 네팔인들이 라나(Rana) 체제의 독재정치에 맞서 저항하도록 고취시켰을 뿐만 아니라 인도 자유운동에도 활발히 참여했다. 1954년에 레그미 박사는 외무부 장관이 되었고 그다음 해에 네팔은 중국과의 외교 관계를 설립했다. 그는 또한 네팔의 미국 입국을 위한 기반을 마련했다.

깊은 학문 분야에서 탐구하고 글을 쓰는 등 지적이고 열정적인 지도자 레그미는 네팔의 고대, 중세 그리고 현대 역사에 대한 몇 권의 책을 저술했다. 그는 1990년에 1억 Rs의 가치가 있는 그의 개인 도서관을 포함한 그의 전 재산을 폐하의 정부에 기부했다. 비폭력 운동의 지지자이자 자유투쟁가, 독립 운동가, 역사학자, 경제학자 그리고 고고학자였던 레그미 박사는 1990년에 일어난 운동에 강력한 영감을 주었으며 민주주의의 안정에 지배적인 역할을 담당했다. 그는 2001년 8월 30일에 지속적인 국가 발전 과정에 참여하는 중에 생을 마감했다.

이 기념 우표는 딜리 라만 레그미의 모습을 묘사한 것으로, 이는 국가로의 큰 공헌을 한 그를 기념하기 위해 발행되었다.

NP no.792 & Sc#733

▶ Technical Details ··

Description : Gopal Das Shrestha
Date of Issue : 23 September 2003
Value : Rs.5
Color : Two colour
Overall Size : 30mm X 40mm
Perforation :
Sheet : 50 stamps
Quantity : 1 million
Designer : M. N. Rana
Printed by : Austrian Govt, Printing Office, Vienna

고팔 다스 슈레샤(Gopal Das Shrestha)

네팔의 저명한 저널리스트인 고팔 다스 슈레샤(Gopal Das Shrestha)는 영향력
있고 지적인 작가이자 사상가로서 지도자 역할을 함으로써 네팔의 저널
리즘에 있어서 그의 이름을 알렸다. 1930년 5월 21일에 당시 영국 인도의
수도였던 칼쿠타(Calcutta)에서 태어난 슈레샤(Shrestha)는 칼쿠타(Calcutta)에서 학

교를 다녔고 네팔의 주드호다야(Juddhodaya) 고등학교에 입학했다. 민주주의와 시민권의 충실한 지지자였던 슈레샤는 라나(Rana) 체제에 맞선 자유운동에서의 그의 역할 때문에 1947년부터 1951년까지 3년간 투옥되었고 1951년에 민주주의의 동이 튼 이후 풀려났다.

10년 간의 정치 경력 후 그는 네팔에서 영어 저널리즘의 시대를 연 네팔의 영어 개척 일간지인 '더 코모너(The Commoner)'를 발행했다. 그의 일을 해나가는 과정에서 그는 1958년 미국 일리노이(Illinois)에 있는 북서부 지역의 대학교의 미드힐(Midhill) 저널리즘 학교에서 트레이닝을 받았다. 해외에 있는 동안 그는 뉴욕 데일리 뉴스(New York Daily News), 발티모르 포스트(Baltimore Post), 워싱턴 타임즈(Washington Times) 그리고 런던 타임즈(London Times) 등의 신문사와 함께 일했다. 이외에도, 그는 또한 자나타 데일리(Janata Daily), 네팔 타임즈 데일리(Nepal Times Daily), 유그듯 위클리(Yugdoot Weekly)와 같은 네팔의 국내 일간지와 주간지의 발행인 및 편집자로 일했다.

네팔기자협회의 회장, 네팔언론인협회의 창립자, 언론단체의 회장 그리고 언론협회의 회장으로서 다양한 능력을 발휘했던 슈레샤는 왕립 언론위원회의 일원으로서 언론행동강령 제정에 있어서 중요한 역할을 했다. 네팔언론위원회 위원장으로서 그는 미디어 부문의 제도화된 성장을 위해 제안된 미디어 빌리지(Media Village)의 개념적 체제와 더불어 미디어 발전 기금을 설립했다.

그는 라즈 파리샤드(Raj Parishad)의 일원뿐만 아니라 1997년에 트리부반(Tribhuvan) 대학위원회의 일원으로 지명되기도 했다. 그는 고르카 닥신 바후(Gorkha Dakshin Bahu)와 수비크하야트 트리샤크티 파타(Subikhayat Trishakti Patta)로 장식되었다. 그는 네팔의 언론위원회 회장 역할을 하다가 1998년 11월 4일에 생을 마감했다.

고팔 다스 슈레샤(Gopal Das Shrestha)의 모습을 묘사한 이 우표는 그의 네팔 저널리즘으로의 기여를 기념하기 위해 발행되었다.

NP no.821 & Sc#749

▶Technical Details ·····································

Description : Yogi Naraharinath
Date of Issue : 3 November 2004
Value : Rs.5
Color : Multicolour
Overall Size : 34.5mm X 30mm
Perforation :
Sheet : 50 stamps
Quantity : 1 million
Designer : K. K. Karmacharya
Printed by : Austrian Govt. Printing Office, Vienna

요기 나라하리나스(Yogi Naraharinath)

요기 나라하리나스(Yogi Naraharinath)는 1971BS에 칼리콧 랄루(Kalikot Lalu) V.D.C에서 태어났다. 그의 첫 이름이 발바 신하 타파(Balbir Sinha Thapa)였음에도 불구하고, 그는 13세의 나이에 찬단 나스 마스(Chandan Nath Math)의 구루 크쉬프라나스 요기(Guru Kshipranath Yogi)로부터 나스(Nath) 전통에 따라 교육을 받은 이후 요기 나라하리나스(Yogi Naraharinath)로 유명해졌다. 바툭 바이랍 나스 시드다 찬다나스 바샤 바스샬라(Batuk Bhairab Nath Sidhda Chandannath Bhasha Pathshala)로부터 예비 교육을 받은 요기는 1997BS에 구루쿨 캉가디(Gurukul Kaangadi) 대학교로부터 베다란카(Vedalankar)을 얻었다.

요기는 광범위하게 걸어서 여행을 하며 관찰하고 공부했다. 그는 다양한 배움의 중심지에서 샤이비즘(Shaivism)의 해독 가능한 필사본을 공부했고 샤이비즘의 희귀한 연구 작업을 수행했으며 종교와 철학과 관련된 여러 귀중한 책들과 기사들을 저술하고 일부 다른 책들을 번역했다. 멀리 떨어진 그러한 장소로 그를 데려간 것은 지식과 진실로의 이러한 충동적인 사랑이다. 요기는 2002BS에 위대한 역사가 바부람 아차르야(Baburam Acharya)의 의장직 하에서 "이티하스 프라카쉬만달(Itihas Prakashmandal)"을 설립했다. 이티하스 프라카스(Itihas Prakas)나 산디파트라 상그라하(Sandhipatra Sangraha)와 같은 그의 귀중한 작품들은 동일한 만달(Mandal)로 출판되었다. 요기는 마하만달(Mahamandal)에서 프리스비 나라얀 샤(Prithvi Narayan Shah) 대왕의 소설 "맥심스(Maxims)"를 편찬하고 출판했다. 그의 다른 중요 작품들로는 "고르카 밤샤발리(Gorkha Vamshabali), 아데샤르사 프라카쉬(Aadeshartha Prakash), 히마바트칸다(Himabatkhanda), 산스크리트 파라시크 파드프라카쉬(Sanskrit Parasik Padprakash), 박타 비자야(Bhakta Vijaya), 카비타니카쇼팔

(Kabitanikashopal)" 그리고 "프리시비나드라바나노다야(Prithivinadrabarnanodaya)" 등이 있다. 세계의 평화와 친목의 본질에 대해 강조한 요기는 또한 비쇼 힌두 마하상(Vishwo Hindu Mahasangh)뿐만 아니라 브리하드 아드햐트미크 파리샤드(Brihad Aadhyatmik Parishad)의 설립자였다. 요기는 그의 전 생애를 요가 철학을 퍼뜨리는 데에 헌신했고 고라카나스(Gorakhanath) 전통과 문화를 지키고 홍보하기 위해 헌신했다.

요기는 깊은 통찰력을 습득했고 힌두교 철학, 고고학, 천문학, 아유르베드(Ayurved), 네팔의 언어 그리고 민족주의의 미묘한 뉘앙스를 뚫고 들어갔다. 그는 바른 행동을 하고 애국적이고 영적인 삶의 방식을 가지며 단순하고 확고한 진실을 지지하는 등 정말로 좋은 미덕의 우주였다. 당시 라즈파리샤드(Rajparishad) 상임위원회의 일원이었던, 대단한 영혼을 지녔던 요기는 2003년 2월 25일 오전 12시 40분에 숨을 거두었다. 네팔 역사, 문학 그리고 고고학의 홍보 및 조사 등 본인의 일생을 학문에 바쳤고 힌두교와 민족주의를 위해 온 정성을 다하여 일했던 그러한 대단한 인물에 대한 경의를 표하는 관점에서, 우편국에서는 그의 사진을 묘사함으로써 그의 굉장한 행동들과 공헌들에 대해 회상할 수 있는 기념 우표를 발행하였다.

부파르만싱 칼키^(Bhupalmansingh Karki)

사회운동가 부파르만싱 칼키^(Bhupalmansingh Karki)는 1966BS 아슈윈^(Aswin) 8일 목요일에 네팔 카트만두의 딜리바자르^(Dillibazar)에서 태어났다. 그는 케샤르싱 칼키^(Kesharsingh Karki) 장군과 카드가 쿠마리 데비 카르키^(Khadga Kumari Devi Karki) 사이에서 태어났다. 칼키는 그의 일평생을 사회 봉사에 바친 유능하고 대담한 인물이었다.

일생 동안 그는 나라에 봉사할 막중한 책임을 지고 있었다. 그는 위원장, 두 번의 장관 그리고 라즈 사바^(Raj Sabha) 상임위원회의 의장을 역임하면서 나라에 봉사했다. 그가 국가에 봉사한 것은 그가 여러 시대에 복무한 각기 다른 직책에서 '전문적 행정 리더십'을 고려할 때 잘 알려져 있다.

칼키는 자파^(Jhapa) 구의 아나르마니^(Anarmani)에서 초등학교를 개교함으로써 사회 봉사를 시작했다. 국가로의 봉사를 위한 지속적인 노력으로, 그의 공헌은 2005BS에 학교 건물을 건설함으로써 교육 분야로도 확장되었다. 학교 교사들의 거주지와 호스텔, 그리고 학교의 이름은 쉬리 프라그야^(Shree Pragya) 공공 고등학교였다. 그는 테라이^(Terai) 땅과 개인 기금으로부터 얻은 수익으로 학교 건설에 많은 돈을 지불했다. 칼키는 나칼반다^(Nakalbanda), 아나르마니에 설립된 학교들, 벌타^(Birta)의 마헨드라 라트나^(Mahendra Ratna)학교, 비레트나가르^(Biratnagar)의 라드하크리슈나^(Radhakrishna) 중등학교, 포카리아^(Pokharia) 그리고 다른 기관들을 위한 땅과 함께 막대한 양의 돈을 기부했다. 2021BS에 메키^(Mechi) 대학교 역시도 그의 적극적인 참여로 설립되었다.

NP no.847 & Sc#763

▶ Technical Details ·······································

Description : Bhupalmansingh Karki
Date of Issue : 24 September 2005
Value : Rs 2.00
Color : Two color
Overall Size : 40mm X 30mm
Perforation :
Sheet : 50 stamps
Quantity : 1 million
Designer : M. N. Rana
Printed by : Austrian Govt. Printing Office, Vienna, Austria

오랜 시간 동안 사회운동가로서 일했던 칼키는 2007BS에 자파(Jhapa) 구역에서 공직 생활을 시작하였으며 민주주의 운동을 이끌었다. 2007BS에 일어난 정치 변화 이후, 칼키는 유능한 행정인으로서 동부 지역에서 지역 대표로 일했다.

다란(Dharan)의 발전, 핀데쉬워르 산스크리트 마하비드야라야(Pindeshwore Sanskrit Mahavidyalaya)의 설립, 그리고 영국 골카(Gorkha) 모집 센터의 설립에 대한 그의 공헌은 매우 중대하다.

2014BS에 그는 비레트나가르(Biratnagar) 포카리야(Pokhariya)에 라드하 크리슈나(Radha Krishna) 사원을 설립했다. 마찬가지로 그는 사회에 봉사하기 위해 자파(Jhapa)와 비레트나가르(Biratnagar)에 재정적으로 많은 공헌을 했다.

NP no.822 & Sc#748

▶Technical Details ·································

Description : Naya Raj Pant
Date of Issue : 3 November 2004
Value : Rs.5
Color : Multicolour
Overall Size : 34.5mm X 30mm
Perforation :
Sheet : 50 stamps
Quantity : 1 million
Designer : K. K. Karmacharya
Printed by : Austrian Govt. Printing Office, Vienna

나야 라즈 판트(Naya Raj Pant)

1913년 8월 10일에 카트만두에서 태어난 나야 라즈 판트(Naya Raj Pant) 교수는 네팔 역사, 천문학 그리고 산스크리트어 문학에 있어 굉장한 공헌을 했다. 게다가 네팔 문학, 특히 시와 에세이에서의 그의 기여는 상당하다고 여겨진다. 그의 출판 책은 총 27권이다. 여러 명의 천문학자들을 만들어 내는 것과 거리가 있었던 판트 교수는 일반적으로 네팔의 역사와 산스크리트어 학문연구 홍보를 위한 기관인 삼쇼다나 만달라(Samshodhana Mandala)를 설립함으로써 지식을 확장시켰다. 이 만달라는 특히 네팔 역사에 있어서 획기적인 작업을 수행했다.

판트 교수는 트리부반(Tribhuvan) 대학교에서 고르카 닥신 바후(Gorkha Dakshin Bahu)의 최고 상인 D. 리트(Litt)를 받았으며 마단 푸라스카(Madan Puraskar) 상과 아디카비 바누박타 푸라스카(Adikabi Bhanubhakta Puraskar) 등을 받았다. 판트 교수는 2002년 11월 4일에 숨을 거두었다.

이 기념 우표는 나야 라즈 판트의 시드한타 죠티쉬(Siddhanta Jyotish, 천문학), 산스크리트 문학 그리고 다른 관련 분야에서의 우수한 결실을 기념하기 위해 발행되었다.

NP no.858 & Sc#768

▶Technical Details ·······································

Description : Late King Tribhuvan
Date of Issue : 17 February 2006
Value : Rs.5
Color : Multicolor
Overall Size : 30mm X 40mm
Perforation :
Sheet : 50 stamps
Quantity : 1 million
Designer : M. N. Rana
Printed by : Walsall Security Printers Ltd. U.K.

트리부반 빌 빅람 샤(Tribhuvan Bir Bikram Shah)

트리부반 빌 빅람 샤(Tribhuvan Bir Bikram Shah) 왕은 1963BS 아샤드(Ashad) 17일에 태어났고 5세의 어린 나이에 왕위에 올랐다. 네팔의 민주주의 운동은 그의 지도력으로 1950년대 초기에 성공을 거두었다. 트리부반 빌 빅람 샤 왕은 2011BS 팔건(Falgun) 30일에 숨을 거두었다. 네팔의 민주주의가 설립된 지 55년이 되는 날의 하루 전에 우편국에서는 이러한 행운의 사건을 기념하기 위해 이 기념 우표를 발행하였다. 이 우표는 국가의 아버지인 트리부반(Tribhuvan)이 사람들 무리 뒤에 서 있는 모습을 묘사했다.

P.S. 네팔의 왕, 왕비, 왕자들의 우표는 한데 모아 'Yeti, 네팔 왕을 알현하다(연인M&B, 2018)' 책으로 출간하였다. 왕 우표에 관한 정보는 이 책을 참조하기 바란다.

NP no.900-924 & Sc#791a-y

▶ Technical Details ·······························

Description : Martyrs
Date of Issue : June 4 2007
Value : Rs.2
Color : Multicolor & Phosphor Print
Overall Size : 33.5mm X 32.5mm
Perforation :
Sheet :
Quantity :
Designer :
Printed by : Carter Security Printing, France

마르티스(Martyrs)

25명의 젊은 얼굴들을 도안하여 2007년에 발행한 네팔 우표 전지다. 이
공식 명칭이 시사하듯 2006년에 있었던 민주화 운동의 희생자들을 기리

는 우표다. 드물게 볼 수 있는 전지다. 'Martyr'란 뜻이 순교자 또는 희생자란 의미인데 이들이 종교적인 이유로 희생된 사람들이 아니니깐 희생자라고 표현하는 것이 적합하다. 희생이란 '남을 위하여 목숨이나 재물, 명예 따위를 버리는 것'이다. 때로는 타의에 의해 빼앗기는 것도 포함된다. 이 우표에 나오는 면면은 민주화 운동의 와중에 집권자에 의해 목숨을 빼앗긴 경우다.

네팔에서 민주화 운동이 일어난 기원을 보면 1950년 네팔의 제8대 왕인 트리부반^(Tribuvan, 1906~1955) 왕이 인도로 망명하면서 시작된다. 지난 140년 동안 왕권을 허수아비로 만들고 세습 독재정치를 해 온 라나^(Rana) 가에 의해 박탈되었던 왕권을 회복하기 위해 망명한 것이다. 트리부반 왕은 그를 지지하는 지지자들과 함께 인도의 도움으로 1951년 1월 7일 제10대 왕으로 복귀했다. 이후 트리부반 왕은 많은 혁신을 통해 민주화의 기틀을 잡는다. 이 왕권 회복의 날을 기념하여 지금도 'Democracy day'를 기념한다. 2월 18일이다.

2006년도의 민주화 운동은 내가 매년 네팔을 방문하는 관계로 직접 목격했다. 계엄령이 선포되고 시민들의 데모가 격렬해졌던 시기다. 당시 갸넨드라^(Gyanendra 1947~) 국왕은 전제군주국가를 회귀하여 왕권 강화에 힘을 쏟았으나 많은 국민들은 민주화의 열기를 집중시켜 왕의 퇴진을 요구했다. 이 격렬한 마찰로 인해 희생자들이 많이 나왔다. 이 2006년 민주화 운동의 특기할 점은 마오주의자들의 움직임이다. 네팔에선 1996년부터 2006년에 이르기까지 10년 동안 마오주의자들에 의한 게릴라 내전에 휩싸인다. 지난 10년 동안 2만 명이 넘는 사망자를 내고 카트만두를 벗어난 80%에 이르는 영토에 영향을 행세하게 된다. 이런 마오주의자들이 정부와 협상하며 휴전하고 제도권 안에서 선거에 참여하게 된다. 공산주의자들이 무력 혁명이 아니라 선거에 참여하여 집권에 성공한 세계 최초의 사례다.

"민주화 운동에 희생된 분들이 많군요."

내가 아는 트리부반 대학교의 정치학 교수에게 물었다. 그의 조심스러운 반응은 이렇다.

"젊은 아까운 생명들이지요. 그들은 누구를 위해 희생한 것이 아니라 민주화를 부르짖다 희생된 분들입니다."

하고 싶은 속내가 따로 있나 보다.

"이 고결한 희생을 자기의 입신에 활용하는 염치없는 정치가들이 너무 많아요."

나는 뜨끔했다. 우리나라라고 사정이 다르지 않다고 느꼈기 때문이다. 그는 말문을 닫지 못한다.

"네팔의 문제는 네팔을 생각하는 정치가는 없고 자기 자신, 자기 가족, 자기 종족, 자기 지역에 집착하는 사람이 너무 많아요."

흔히 우리들이 '이기적인 개인, 당리당략에 매몰되어 있는 정치가'들을 말하는 것과 다르지 않다.

"희생자들은 그들 염치없는 정치가들을 위해 희생한 것이 아닙니다."

백번 옳은 말이다. 그러나 그의 주장대로 염치없는 정치가들은 이들의 고결한 희생을 자기의 입신에 이용한다고 열을 올렸다. 이런 2006년의 민주화 운동은 2008년 왕정을 무너뜨리고 새로운 네팔연방민주공화국(The Federal Democratic Republic of Nepal)을 탄생시킴으로서 민주화 운동이 종식된다.

"이제 당신이 그토록 염원하던 민주화가 이루어졌으니 만족하세요?"

이런 질문을 트리부반 왕을 도와 왕권 회복과 민주화에 참여했던 원로작가 다이아몬드 라나(Diamond Rana, 1919~2011)에게 던졌다. 그는 1989년 내가 네팔 의료봉사를 시작하면서 만나 매년 교분을 나누었던 분이다. 그 자신이 세습 독재자의 집안인데도 불구하고 왕권 회복과 민주화 운동에 몸을 바친 분이다. 사형을 언도받기도 하고 여러 번 옥고를 치룬 분이다. 그런 분의 감회를 듣고 싶었다.

"민주화요? 이제부터 시작입니다."

그의 말대로 지금도 네팔은 정치적으로 혼돈 속에 있다. 이 혼돈은 민주화를 위한 필연적인 몸부림으로 이해한다. 네팔 정치학 교수의 지적처럼 이 희생자들을 염치없이 이용하는 정치가들이 없었으면 좋겠다. 다이아몬드 라나의 지적처럼 이제 민주화 운동의 시작이라면 어떤 고난이 닥치더라도 온전히 극복되길 기원해 본다. 네팔은 이제 우리나라와도 교분이 두터운 나라다. 지금 우리나라에 들어와 있는 근로자, 학생, 사업가 등 4만 명이 넘는다고 하니 선린의 나라다. 어느 나라나 희생자들의 숭고한 넋은 존중받아야 한다. 이웃 네팔의 희생자를 기리는 뜻으로 민주화를 위한 기원도 함께 보낸다.

─명단─

1. Setu B. K.
2. Tulasi Chhetri
3. Anil Lama
4. Umesh Chandra Thapa
5. Chakraraj Joshi
6. Chandra Bayalkoti
7. Devilal Poudel
8. Govindanath Sharma
9. Prof. Hari Raj Adhikari
10. Horilal Rana Tharu
11. Lal Bahadur Bista
12. Mohamad Jahangir
13. Pradhumna Khadka
14. Rajan Giri
15. Suraj Bishwas
16. Sagun Tamrakar
17. Bhimsen Dahal
18. Shivahari Kunwar
19. Basudev Ghimire
20. Bishnu Prasad Panday
21. Yamlal Lamichhane
22. Deepak Kami
23. Darshanlal Yadab
24. Tahir Hussain Ansari
25. HiraLal Gautam

NP no.938 & Sc#799a

▶ Technical Details ·····································

Description : Shivapuri Baba
Date of Issue : 30 December 2007
Value : Rs.5
Color : Four color with Phosphor Print
Overall Size : 40mm X 30mm
Perforation :
Sheet : 20 stamps
Quantity : 1 million
Designer : M. N. Rana
Printed by : Carter Security Printing, France

쉬바프리 바바(Shivapuri Baba)

1862년에 인도 케랄라(Kerala) 주에서 태어난 쉬바프리 바바(Shivapuri Baba)
는 신성을 얻었다. 전 세계를 두 번 돌고 난 뒤 그는 1963년에 이 세상을 떠나기 전까지 네팔의 파슈파트(Pashupat) 구역에서 살게 되었으며 그의 추종자들을 쉬바프리(Shivapuri) 언덕과 스레쉬만타크(Sleshmantak) 숲 드루바스트할리(Dhruvasthali)로 이끌었다. 그가 쉬바프리 언덕에서 설교했던 그의 귀중한 가르침 덕에, 그는 그의 실제 이름인 쉬리 고빈다난다 바라티(Shree Govindananda Bharati)보다 쉬바프리 바바라는 이름으로 더욱 널리 알려져 있다.

쉬바프리 바바는 올바른 삶에 대한 그의 원칙들로 인류의 삶에 큰 기여를 했다. 그의 말에 따르면 사람은 태어나서 세 가지 고통을 맞이한다. 올바른 삶에 대한 그의 원칙들은 앞서 말한 고통들로부터 인간을 자유롭게 하는 세 가지 규율에 대해 언급한다.

건강과 지식을 정화시키는 미덕을 지닌 첫 번째 규율은 신체-정신적 규율인데, 이는 성공적인 삶을 만들기 위한 행동의 재주를 부여하는 것이다. 그것들로부터 얻는 행복은 죽음과 함께 끝이 난다. 두 번째 규율인 정신-도덕적 규율은 사람을 시기와 분노로부터 벗어나도록 해 주고 따라서 지휘권과 지배력을 강화한다. 이는 걱정을 없애 주고 만족감을 이끌어 내지만, 이 역시도 죽음과 함께 끝이 난다. 마찬가지로 마지막 세 번째 규율인 영적 규율도 인간을 욕구로부터 벗어나게 해 주고 사람을 계몽시킨다. 이는 명상으로 이끌어 내는 것이며 인간이 신의 은총으로 옴니시엔트(Omniscient)—옴니포텐트(Omnipotent)—옴니프레젠트(Omnipresent) 과정을 거쳐 더없이 행복한 불멸의 상태에 도달하도록 한다.

따라서, 올바른 삶은 우리 모두를 궁극적으로 되돌아올 수 없는 신성한 땅으로 이끄는 인간의 고통에 있어 만병통치약이다. 쉬바프리 바바의 올바른 삶에 대한 가르침은 간단하고 쉬웠으며 모든 사람들, 공동체, 종교 그리고 상황에 적합했다.

그러므로 우편국에서는 이러한 획기적인 종교적 인물의 명예와 가르침을 전파하려는 목적으로 쉬바프리 바바 기념 우표를 발행했다.

NP no.939 & Sc#799b

▶ Technical Details ·······································

Description : Mahesh Chandra Regmi
Date of Issue : 30 December 2007
Value : Rs.5
Color : Four color with Phosphor Print
Overall Size : 40mm X 30mm
Perforation :
Sheet : 20 stamps
Quantity : 1 million
Designer : M. N. Rana
Printed by : Carter Security Printing, France

마헤쉬 찬드라 레그미(Mahesh Chandra Regmi)

　네팔의 유명 학자인 마헤쉬 찬드라 레그미(Mahesh Chandra Regmi)는 1929년 12월 29일에 크리슈나 찬드라 레그미(Krishna Chandra Regmi)와 파드마프리야 데비(Padmapriya Devi)의 둘째 아들로 태어났다. 그는 기행문, 문학 그리고 커뮤니케이션과 같은 분야의 관점에서 네팔의 역사를 서술한 그의 글로 1977년에 아시아의 노벨상이라고도 알려진 라몬 마가세시(Ramon Magasassey) 상을 받았다.

　마헤쉬 찬드라 레그미는 1958년에 당시에는 독특한 아이디어였던 레그미(Regmi) 연구기관을 설립했다. 이 기관에서 발행된 네팔 신문 다이제스트(Digest)는 신문이 국가의 내부적, 외부적 상황을 모두 보고하는 데에 있어 영향을 끼친 것으로 알려져 있다.

　그는 또한 네팔의 경제적 역사에 대한 책을 서술함으로써 굉장한 기여를 했다. 따라서 영어로 쓰인 그의 책 "초가집과 스투코(Stucco) 궁전들"이 일본어로 번역되었다는 점은 주목할 만하다.

　우편국에서는 그의 국가로의 학술적 기여를 기리기 위해 기념 우표를 발행하였다.

NP no.940 & Sc#800a

▶Technical Details ··

Description : Bhrikuti
Date of Issue : 30 December 2007
Value : Rs.5
Color : Four color with Phosphor Print
Overall Size : 40mm X 30mm
Perforation :
Sheet : 20 stamps
Quantity : 1 million
Designer : M. N. Rana
Printed by : Carter Security Printing, France

브리쿠티(Bhrikuti)

네팔 공주 브리쿠티(Bhrikuti)는 617년에 리차차비(Lichchavi) 왕의 딸로 태어났다. 그녀는 카트만두 계곡에서 자랐다. 그녀는 633년에 16세의 나이로 당시 티베트 왕이었던 스롱 부트산 감포(Srong Btsan Gampo)와 결혼했다. 그녀는 수많은 예술가들, 조각가들, 화가들 그리고 부처님의 말씀을 티베트 언어로 번역했던 그녀의 불교 스승 베네러블 쉴라 만주(Venerable Shila Manju)와 함께 티베트로 떠났다.

티베트 왕은 라사(Lhasa)의 중심부에 조캉(Jokhang) 사원이라 불리는 훌륭한 불교 수도원을 지었는데, 이는 그녀에게 바치는 사원이었다. 그녀의 요청으로 티베트 왕은 108개의 사원들을 티베트의 여러 지역에 지었다. 티베트에서의 불교 문화와 윤리의 보급에 있어서 그녀의 광대한 계획으로, 그녀는 여신 타라(Tara)처럼 공경받았다. 티베트 왕은 643년에 리차차비(Lichchavi) 왕 나렌드라 데바(Narendra Deva)를 왕좌에 앉히기 위해 그를 지지했다.

결국, 왕과 왕비는 649년에 생을 마감했다. 그녀는 티베트에서 불교 문화와 불교의 보급에 있어서 개척자였으므로 큰 기여를 했기에 티베트 종교 역사에서 불멸의 대상이 되었다.

국가로의 큰 공헌을 기리기 위해 우편국에서는 이 기념 우표를 발행했다.

NP no.941 & Sc#800b

▶ Technical Details ·······································

Description : Pt. Udayananda Aryal
Date of Issue : 30 December 2007
Value : Rs.5
Color : Four color with Phosphor Print
Overall Size : 40mm X 30mm
Perforation :
Sheet : 20 stamps
Quantity : 1 million
Designer : M. N. Rana
Printed by : Carter Security Printing, France

펀디트 우다야난다 아리즈얄(Pundit Udayananda Arjyal)

펀디트 우다야난다 아리즈얄(Pundit Udayananda Arjyal)은 1812BS에 네팔 삽타리(Saptari) 구역에서 태어났다. 그의 아버지 비슈스와르(Bisheswor)는 차우단디(Chaudandi)의 상원 군주였던 빅람(Bikram) 왕의 스승이었다. 펀디트 우다야난다 아리즈얄은 산스크리트(Sanskrit)어, 네팔어, 마이실리(Maithili), 파르시(Farsi), 울두(Urdu) 그리고 보주파(Bhojpuri)와 같은 여러 언어들로 책을 쓰곤 했다. 그는 당시 네팔의 사회적, 경제적 그리고 문화적 측면을 묘사한 유명한 "프리스빈드로다야(Prithvindrodaya)" 서사시를 지었다. 우다야난다의 다른 작품들로는 "섬서와르 비자이바르난(Someshwor Vijaybarnan), 나바라트나 스토트라(Navaratna Stotra), 두스와프나하란(Duswopnaharan), 베탈 파치치시(Betal Pacchchisi)" 등이 있다. 그는 또한 유명한 토지 측량사였다. 국경 보안, 세관 관리, 개인 행정, 무기 및 탄약의 정의 및 관리 등에 있어 그의 업적은 주목할 만하다.

국가로의 그의 공헌을 기리기 위해 우편국에서는 그의 초상을 묘사하는 기념 우표를 발행하였다.

NP no.942 & Sc#801a

▶ Technical Details ·····································

Description : Ganesh Lal Shrestha
Date of Issue : 30 December 2007
Value : Rs.5
Color : Four color with Phosphor Print
Overall Size : 40mm X 30mm
Perforation :
Sheet : 20 stamps
Quantity : 1 million
Designer : M. N. Rana
Printed by : Carter Security Printing, France

가네쉬 랄 슈레사(Ganesh Lal Shrestha)

가네쉬 랄 슈레사(Ganesh Lal Shrestha)는 1958BS 마르가(Marga)에 네팔에서 태어났다. 천연두로 인해 7세 때 시력을 잃었음에도 불구하고 그는 그가 추후 수많은 하례를 받고 유명한 상을 받았던 클래식 음악을 향한 노력을 멈추지 않았다. 그는 하모늄(Harmonium)과 타블라(Tabla)의 대가였다. 그는 양 손과 팔꿈치 그리고 코로 5개의 하모늄을 동시에 연주하곤 했다. 가네쉬 랄 슈레사는 16개의 타블라를 이용한 여러 라가-라기니스(Raga-Raginis)를 창조하곤 했다. 이 소울 넘치는 음악은 사람들의 마음을 사로잡았다. 인도 전 수상 Pt. 자와하랄 네후루(Jawaharlal Nehru)와 중국 전 수상 초우 엔 라이(Chou En Lai)조차도 그의 뮤지컬 쇼를 기쁜 마음으로 들었다.

그는 그의 여러 학생들에게 그의 재능을 공유했다. 그는 2019BS에 음악의 대가라는 뜻의 바드햐 시로마니(Baddhya Shiromani)라는 명칭을 부여받는 등 공경을 받았다. 그는 2027BS 제샤(Jestha) 21일에 이 세상을 떠났다.

음악과 멜로디에 대한 그의 공헌을 기념하기 위해 우편국에서는 그의 초상을 묘사한 기념 우표를 발행하였다.

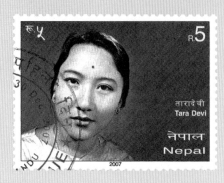

NP no.943 & Sc#801b

▶ Technical Details ·······························

Description : Tara Devi
Date of Issue : 30 December 2007
Value : Rs.5
Color : Four color with Phosphor Print
Overall Size : 40mm X 30mm
Perforation :
Sheet : 20 stamps
Quantity : 1 million
Designer : M. N. Rana
Printed by : Carter Security Printing, France

타라 데비(Tara Devi)

타라 데비(Tara Devi)는 1998BS 마흐(Magh) 2일에 카트만두의 인드라초크(Indrachowk)에서 태어났다. 그녀는 크리슈나 바하두르 칼키(Krishna Bahadur Karki)와 라드하 데비(Radha Devi)의 딸이었다. 그녀는 아주 어린 시절부터 노래하는 데에 깊게 관심을 가졌다. 그녀의 첫 번째 녹음 곡은 바이랍 바하두르(Bhairab Bahadur)와 함께 녹음한 곡이다. 그녀는 2015BS부터 가수로서 라디오 네팔(Radio Nepal)에 참여했다.

타라 데비의 듣기 좋은 목소리는 수천 명의 청취자들의 마음을 깊이 울렸다. 그녀는 또한 무대와 라디오에서 종종 노래를 불렀으므로 영화의 플레이백 가수로 유명했다. 네팔 정부는 타라 데비에게 여러 상을 수여했다. 그녀는 의심의 여지 없이 네팔의 멜로디 여왕이었다.

그녀는 네팔 음악이 그 자체의 창의적인 장르를 좇아야 한다는 의견을 가지고 있었다. 그녀는 2062BS 마흐(Magh) 5일에 생을 마감했다.

타라 데비와 음악에 있어서 그녀의 열정을 기리기 위해 우편국에서는 이 기념 우표를 그녀의 이름으로 발행하였다.

NP no.943 & Sc#798

▶ Technical Details ·····································

Description : Chhaya Devi Parajuli
Date of Issue : 30 December 2007
Value : Rs.2
Color : Four colors with Phosphor Print
Overall Size : 40mm X 30mm
Perforation :
Sheet : 20 stamps
Quantity : 1 million
Designer : M. N. Rana
Printed by : Carter Security Printing, France

차야 데비 파라줄리(Chhaya Devi Parajuli)

제2차 국민운동에서 활발했던 인물들 중 한 명인 차야 데비 파라줄리 (Chhaya Devi Parajuli)는 1972BS에 마르가(Marga) 25일에 솔루쿰부(Solukhumbu) 네카(Necha)에서 태어났다. 그녀는 2007BS에 네팔 의회에 참여한 이후 적극적으로 정치계에 참여했다. 그녀는 그녀에게 할당된 서로 다른 수준의 모든 역할을 완수했다. 그녀는 또한 2046BS에 국민운동에 참여했다. 그녀는 2059BS 차이트라(Chaitra) 19일부터 2063BS 바리사크(Baisakh) 11일까지 국민운동의 선두에 적극적으로 섰으며 몇 번 감옥에 갔다. 그녀는 여러 조직들로부터 이러한 공헌에 대해 찬사를 받았다. 그녀는 2063BS 바드라 (Bhadra) 10일에 생을 마감했다.

우편국에서는 많은 나이에도 불구하고 민주주의를 위해 적극적으로 싸웠던 용감한 여성 지도자를 기리기 위해 이 기념 우표를 발행하였다.

NP no.950 & Sc#809

▶ Technical Details ··

Description : Dr. Harka Gurung
Date of Issue : 24 December 2008
Value : Rs.5
Color : Four colors with Phosphor Print
Overall Size : 40mm X 30mm
Perforation :
Sheet : 20 stamps
Quantity : 1 million
Designer : M. N. Rana
Printed by : Carter Security Printing, France

하르카 구룽(Harka Gurung)

느가디 출리(Ngadi Chuli)라는 이름으로 유명하고 네팔의 히말라야산맥까지 뻗은 세계에서 20번째로 가장 높은 봉우리는 거의 50년 동안 등산가들에게 미스터리로 남아 있었다. 그 봉우리는 1961년부터 여러 탐험에 의한 많은 시도를 이미 흡수해 버렸다. 그 산으로의 마지막 시도인 2005년의 기록은 폴란드 등산가 리스자르드 가제우스키(Ryszard Gajewski)와 마키에즈 파우리코우스키(Maciej Pawlikowski)가 처음으로 성공적인 등산을 했다는 것을 확인시켜 준다.

이러한 미스터리한 유산은 최근에 비행기 충돌로 세상을 빨리 떠난 놀라운 인물 하르카 구룽(Harka Gurung) 박사가 등장한 이후 하르카 구룽 느가디 출리 박사(Dr. Harka Gurung Ngadi Chuli)라고 새롭게 이름이 붙었다. 하르카 구룽은 ADB, 세계은행, IUCN, USAID, UNICEF, UNESCO 그리고 WWF와 같은 수십 개의 국내 그리고 해외 기관들과 관련된 그의 이름이다. 이러한 획기적인 인물은 감독, 작가, 강연자로서 봉사했을 뿐만 아니라 국가기획위원회의 부위원장, 인구연구소와 호놀룰루(Honolulu)의 동서센터의 객원교수, 네팔 정부 장관 등을 역임했다.

이 기념 우표는 구룽 박사와 네팔의 오랜 자부심이 된 봉우리 모두를 홍보하는 것을 목표로 한다.

NP no.985 & Sc#818

▶ Technical Details ·······································

Description : Govinda "Biyogi"
Date of Issue : 2 November 2009
Value : Rs.5
Color : Multicolor & Phosphor Print
Overall Size : 31.5mm X 42.5mm
Perforation :
Sheet : 50 stamps
Quantity : 1/2 million
Designer : M. N. Rana
Printed by : Cartor Security Printing, France

고빈다 비요기(Govinda Biyogi)

네팔 미디어 챔피언이자 '언론 자유운동'의 선구자였던 고빈다 비요기 (Govinda Biyogi)는 1929년 11월 18일에 카트만두에서 부미마난다 바이드야 (Bhumimananda Vaidya)와 히트 쿠마리 바이드야(Hit Kumari Vaidya) 사이의 둘째 자식으로 태어났다. 그는 18세의 이른 나이에 언론 관련 직업에 종사했다. 그는 그의 출생지의 이름을 따서 만든 손으로 직접 쓴 '자야바게쉬와리 (Jayabageshwori)' 신문을 시작하며 그의 창의성을 증명했다. 또한 그는 자유와 인권에 대한 대중들의 의견을 흔들 정도로 대중들에게 큰 영향을 끼쳤던 '록둣(Lokdoot)', '마트리부미(Matribhoomi)' 그리고 '자나둣(Janadoot)'과 같은 여러 유명 신문사를 설립했다. 그는 네팔언론인협회, 전국통신사, 네팔기자협회, 네팔편집인협회 등의 여러 기관들을 홍보하고 이끌면서 국내에서도 국외에서도 네팔의 이름을 확립하기 위해 지속적으로 일하고 공헌했다.

그는 사회 봉사, 자유운동, 문학, 문화, 교육 등 다른 분야에서도 마찬가지로 기여를 했으며 중요한 역할을 했다. 그가 한 좋은 일들에는 학회 발전, 도서관 설립, 억압받고 후퇴적인 공동체 개발 등이 있다. 그와 그의 업적은 높은 평가를 받고 있으며 높은 수준의 상으로 인정받고 있다. 그는 또한 가장 좋은 대학이자 가장 넓은 대학인 트리부반(Tribhuvan) 대학의 상원의원으로서 네팔의 고등교육 발전에도 기여했다.

우편국에서는 비요기 챔피언의 수많은 국가로의 공헌을 기념하기 위해 이 우표를 발행하였다.

NP no.986 & Sc#819

▶Technical Details ·····························

Description : Guruji Mangal Das
Date of Issue : 9 November 2009
Value : Rs.5
Color : Multicolor & Phosphor Print
Overall Size : 31.5mm X 42.5mm
Perforation :
Sheet : 50 stamps
Quantity : 1/2 million
Designer : M. N. Rana
Printed by : Cartor Security Printing, France

구루지 망갈 다스(Guruji Mangal Das)

구루지 망갈 다스(Guru Mangal Das)는 1952BS에 네팔 동부 일람(Ilam)에서 어머니 나르마다 바이(Narmada Bai)와 아버지 칼얀 다스 삽코타(Kalyan Das Sapkota) 사이에서 맏아들로 태어났다. 그가 평범한 집안 출신임에도 불구하고, 종교, 사회 그리고 문학으로의 그의 공헌은 굉장하다.

구루지 망갈 다스는 인도의 아삼(Assam) 주로 이동해서 어린 나이에 피탐바르 다스 마하라즈(Pitambar Das Maharaj)로부터 쉬리크리슈나프라나미 다르마(Shrikrishnapranami Dharma)의 가르침을 받았으며 더 많은 교육을 받기 위해 그곳에서 살았다. 인도의 대부분의 순례지에서 파트야트라(Padyatra, 걷기)를 마친 뒤 그는 하리드와라(Haridwara)에 도달했고 강가(Ganga) 강둑에서 명상을 하기 위해 앉았다. 그가 어려운 명상으로부터 깨달음과 영감을 얻었을 때, 그는 사람들의 의식을 불러일으키고 사회 활동을 하기 위해 네팔로 돌아왔다.

종교 조율론, 비폭력, 동정심 그리고 쉬리크리슈나프라나미 다르마(Shrikrishnapranami Dharma)의 마하마티 프라나스(Mahamati Prannath)가 후원하는 다른 종교 예배들과 같은 규범과 가치를 충실히 따르는 사람으로서 구루지 망갈 다스는 실질적으로 "예배는 종교이다."라는 말의 진짜 의미를 고아원, 노인 센터, 병원, 학교, 의료점 등을 설립함으로써 실현시켰다. 그는 또한 다양한 문학작품과 출판물들을 만들어 냈다. 그는 청년들 사이에서 마약 남용과 같은 사회의 부도덕한 행위를 없애기 위해 노력했으며 여성들이 종교적 담론을 펼치기 위해 펀디트(Pundit)의 단상에 앉도록 격려했다.

구루지 망갈 다스는 2042BS에 89세의 나이로 숨을 거두었다. 인도 칼링퐁(Kalingpong)에 망갈(Mangal) 기념비가 있으며 이 장소는 현재 관광지라는 명성을 얻었다.

우편국에서는 구루지 망갈 다스를 공경하기 위해 이러한 기념 우표를 발행했다.

NP no.987 & Sc#820a

▶Technical Details ·······································

Description : Tej Bahadur Chitrakar
Date of Issue : 5 December 2009
Value : Rs.5
Color : Multicolor & Phosphor Print
Overall Size : 42.5mm X 31.5mm
Perforation :
Sheet : 50 stamps
Quantity : 1/2 million
Designer : M. N. Rana
Printed by : Cartor Security Printing, France

테지 바하두르 치트라카(Tej Bahadur Chitrakar)

테지 바하두르 치트라카(Tej Bahadur Chitrakar)는 20세기 초에 다수의 예술 작품을 남긴 네팔 예술가이다. 그는 20세기 초에 네팔의 동시대적 예술의 발전을 이끈 사람들 중 한 명이다. 그는 미학적 가치를 지닌 새로운 기술을 이용하여 예술을 창조하는 트렌드를 선도하였고, 본질적으로 종교적이고 고대 문헌에 나와 있는 기술을 따르는 전통 예술의 환경에 새로운 기법을 도입하였다.

테지 바하두르은 라릿푸르(Lalitpur)에서 태어났으며, 누와르(Newar) 공동체의 치트라카 카스트에서 쉬바다스(Shivadas)와 아샤마티(Ashamati) 사이의 둘째 아들로 태어났다. 카스트 치트라카(Chitrakar)는 전통적으로 국가나 말라(Malla) 통치자에 의해 14세기 이후부터 그 계곡에 있는 종교 회화의 유일한 관리자로 임명되었다. 그의 어릴 적부터의 특별한 가족 환경과 그의 재능은 그를 1918년 칼쿠타(Calcutta, 지금은 콜카타(Kolkata))에 있는 국립 미술대학에 진학하도록 했으며 오일로 초상화를 그리는 데 있어서 차별점이 있는, 1927년 네팔에서 미술 학위를 받은 최초의 사람 중 한 명으로 만들었다. 당시 총리 찬드라 샴샤(Chandra Shumsher)는 그의 교육을 후원해 주었다. 그는 1929년에 네팔로 돌아왔다.

그는 전통 종교 미술에서 현대 서양화로 네팔 미술계의 변화를 예고했다. 그는 또한 두르바르(Durbar) 고등학교에서 미술을 가르치기 시작했고 후에 주드하(Juddha) 미술학교의 교장이 되었다.

NP no.989 & Sc#821

▶Technical Details ······································

Description : Ramesh "Vickal"
Date of Issue : 27 December 2009
Value : Rs 2.00
Color : Multicolor & Phosphor Print
Overall Size : 31.5mm X 42.5mm
Perforation :
Sheet : 50
Quantity : 1
Designer : M. N. Rana
Printed by : Cartor Security Printing, France

라메쉬 바이칼(Ramesh Vickal)

라메쉬 바이칼(Ramesh Vickal)이라고 더 잘 알려져 있는 라메쉬와르 샬마 찰리스(Rameshwor Sharma Chalise)는 1932년에 네팔 고카르나(Gokarna) 근처 카트만두 계곡에서 태어났다. 그는 네팔의 시골의 삶과 네팔 시민들의 삶을 묘사한 것으로 유명한 네팔의 작가이자 화가이다. 그는 1960년에 B.Ed.를 받았으며 교육 분야에서 일을 했다. 그의 초기 작품들은 사회주의적이고 반체제적인 주제들이 많았다. 결과적으로 그는 1949년부터 1960년 사이에 3번 투옥되었다. 더욱 최근 작품에서 그는 성적 관계에 초점을 맞추고 있다.

바이칼은 마단 푸라스카(Madan Puraskar) 상을 받은 최초의 단편 작가이다. 그는 2008년에 네팔의 공상 소설로의 60년간의 공헌을 인정받아 다우랏 바이칼 비스타 아크얀 사만(Daulat Bikram Bista Aakhyan Samman) 상을 받았다.

NP no.990 & Sc#822

▶ Technical Details ·······································

Description : Krishna Sen "Ichhuk"
Date of Issue : 27 December 2009
Value : Rs.5
Color : Multicolor & Phosphor Print
Overall Size : 42.5mm X 31.5mm
Perforation :
Sheet : 50 stamps
Quantity : 1/2 million
Designer : M. N. Rana
Printed by : Cartor Security Printing, France

크리슈나 센(Krishna Sen)

크리슈나 센(이척, Krishna Sen(Ichhuk))은 네팔의 저널리스트이다. 그는 네팔의 마오이스트(Maoist) 폭동 중 경찰에 의해 살해당했다. 그는 마오이스트(Maoist)를 옹호하는 주간 신문이었던 '자나디샤(Janadisha)'의 편집자였다. 그는 마오이스트(Maoist) 반군과의 접촉이나 지원을 불법화하는 2001년 11월에 도입된 테러 방지령에 따라 2002년 5월 20일 경찰에 의해 구속되었다.

지역 인권단체 INSEC은 센(Sen)이 약 1주일 동안 잡혀 있다가 카트만두에 있는 마헨드라(Mahendra) 경찰서에서 고문을 당한 뒤 사망했다고 보도했다. 그의 시신은 찾을 수 없었다. 그는 네팔 보안 요원들에 의해 카트만두 바티스푸탈리(Battisputali)에서 구속당했다. 보도에 따르면 그는 체포된 후 미지의 장소에 감금되어 고문당했고 결국은 그를 죽음에 이르게 했다고 한다. 네팔의 공산당 마오이스트는 크리슈나 센을 기리기 위해 온라인 뉴스 포털을 설립하기도 했다

NP no.999 & Sc#831

▶Technical Details ··································

Description : Pemba Doma Sherpa
Date of Issue : 26 September 2010
Value : Rs.25
Color : Four colors with Phosphor Print
Overall Size : 31.5mm X 42.5mm
Perforation :
Sheet : 20 stamps
Quantity : 1/2 million
Designer : M. N. Rana
Printed by : Cartor Security Printing, France

펨바 도마 셰르파(Pemba Doma Sherpa)

펨바 도마 셰르파(Pemba Doma Sherpa)는 2000년에 북쪽 지역부터 에베레스트산을 등정한 최초의 영예로운 여성이다. 그녀는 네팔 등산의 역사상 가장 용감한 여성 중 한 명이다. 그녀는 1970년에 솔루쿰부(Solukumbu)의 남체

V.D.C^(Namche V.D.C.)에서 아버지 앙 카미 셰르파^(Ang Kami Sherpa)와 어머니 앙 라무 셰르파^(Ang Lhamu Sherpa) 사이에서 태어났다. 그녀의 어머니가 그녀가 2세일 때 돌아가신 이후 그녀는 조부모님 손에 자랐다. 그녀는 쿰정^(Khumjung) 학교에서 공부했고 서로 다른 9개의 언어를 익혔다.

그녀는 또한 2002년에 남쪽 지역부터 에베레스트산을 오르는 것에도 성공했다. 그 이후 그녀는 전 세계에서 양쪽 지역에서 에베레스트산을 오를 수 있는 몇 안 되는 여성들 사이에 그녀의 이름을 등록할 수 있었다. 2005년에 또 다른 산 봉우리에서 그녀는 초 오유^(Cho Oyu) 산을 올랐다. 그녀는 또한 2007년에 롯세^(Lhotse) 산을 오른 최초의 네팔 여성이라는 평판을 얻게 되었다.

그녀는 카스트^(Caste)에 상관 없이 네팔 아이들을 교육시키는 그녀의 비영리 단체 ‘Save the Himalayan Kingdom^(히말라야 왕국을 지키자)’의 기금을 모으기 위해 전 세계를 돌아다녔다. 그녀의 사회 활동과 등산 업적을 알리기 위해 BBC는 다큐멘터리와 뉴스를 통해 그녀의 업적을 방송에 내보냈으며 그러한 업적은 해외와 국내의 다른 신문과 잡지에도 실리게 되었다.

그녀는 관련 분야에의 공헌으로 이탈리아의 아오스타 밸리^(Aosta Valley) 주 자치 의회로부터 ‘세인트 빈센트^(Saint Vincent) 상’을 받았다. 이는 유럽에서 등산 전문가들에게 주는 최고의 상이다. 그녀는 2007년 5월 21일에 숨을 거두었다.

그녀의 등산과 사회적 활동의 국가적인 공헌을 기리기 위해 우편국에서는 세상에서 가장 높은 봉우리에 오른 그녀의 모습을 묘사한 이 기념 우표를 발행하였다.

NP no.1003 & Sc#835

▶ Technical Details ······································

Description : Nati Kaji Shrestha
Date of Issue : 1 December 2010
Value : Rs.5
Color : Four color with Phosphor Print
Overall Size : 31.5mm X 42.5mm
Perforation :
Sheet : 50 stamps
Quantity : 1/2 million
Designer : M. N. Rana
Printed by : Cartor Security Printing, France

나티 카지(Nati Kaji)

나티 카지(Nati Kaji)의 원래 이름은 암릿 랄 슈레사(Amrit Lal Shrestha)이며 그는 1925년 12월 25일에 라릿푸르(Lalitpur)의 풀초크(Pulchowk)에서 태어났다. 그는 네팔의 가수이자 작곡가로 그의 유명 곡으로는 네팔 사람들에 대해 설명한 "네팔리 하미(Nepali Hami)"가 있다. 그의 할아버지께서 그에게 나티카지(Natikaji)라는 별명을 붙여 주셨으며 그는 전국적으로 그 별명으로 알려지게 되었다. 그는 5세 때 어머니를, 10세 때 아버지를 여의였고 할아버지가 사원 성직자로 있었던 구제슈와리(Gujeshwori)에서 할아버지한테서 길러졌다. 그는 2003년 11월 2일에 세상을 떠났다.

나티 카지(Nati Kaji)는 구제슈와리 바잔 만달리(Gujeshwori Bhajan Mandali)에서 하모니곡을 연주하기 시작했던 7세 때 음악 벤처 사업을 시작했다. 그의 전문적인 음악 경력은 그가 1950년에 라디오 네팔(Radio Nepal)에 입성하면서 시작되었다. 그가 라디오 네팔(Radio Nepal)에 있었던 40년 동안, 그는 다양한 장르의 곡을 2,000곡 이상 작곡했다. 그는 피자다 코 슈가(Pijada ko Suga), 쿤자니(Kunjani), 프리스비 나라얀 샤 카 차르 파크차야(Prithvi Narayan Shah ka Char Pakchhya) 등과 같은 15개가 넘는 오페라로 그의 공로를 인정받고 있다.

NP no.1004 & Sc#837

▶ Technical Details ·································

Description : Bhagat Sarbajit Bishwakarma

Date of Issue : 5 December 2010

Value : Rs.5

Color : Four color with Phosphor Print

Overall Size : 31.5mm X 42.5mm

Perforation :

Sheet : 50 stamps

Quantity : 1/2 million

Designer : M. N. Rana

Printed by : Cartor Security Printing, France

바가트 사르바짓 비스워카르마(Bhagat Sarbajit Biswokarma)

억압받았던 달릿(Dalit)의 자유운동의 개척자이자 지도자였던 바가트 사르바짓 비스워카르마(Bhagat Sarbajit Biswokarma)는 1950BS에 바글렁(Baglung) 구역의 물파니 V.D.C.(Mulpani V.D.C.)에서 태어났다. 역사 문서에 따르면 그의 이름은 바가트 사르바짓 브린지(Bhagat Sarvajit Brinji)라고 적혀 있기도 하다. 그는 산스크리트(Sanskrit)에서 마스터(아차르야, Master(Acharya))를 했다. 그럼에도 불구하고 그는 베다, 우파니샤드, 푸란(Beda, Upanishad, Puraan) 등과 같은 힌두교 신화에 대해 깊이 연구하고 분석했다.

그는 힌두교 신화에서 달릿(Dalit) 사회에 대한 납득할 수 없는 차별에 대한 어떤 믿음도 없다고 주장했던 달릿(Dalit) 공동체의 대표적인 인물이다. 그는 바글렁(Baglung) 구역의 히리아파니(Hiliapani)에 달릿(Dalit) 공동체를 위한 학교를 설립했다. 그는 1997BS에 '바가트 사르바잔 상(Bhiswo Sarvajan Sangh)'이라고 이름 붙은 조직을 설립함으로써 침체된 달릿(Dalit) 자유운동을 추진했다. 그는 달릿(Dalit) 사람들이 그들의 전통적인 기술을 멈췄던 것을 위해 '아사하요그 안돌론(Asahayog Aandolon)'을 했다. 어떤 일은 오늘날까지도 "아란 코 툰도 바케인 안돌론(Aaran ko Tundo Bhachhane Aandolon)'이라고 기억되기도 한다. 그는 투옥되었으며 달릿(Dalit)도 자나이(Janai)를 입을 권리가 있다는 요구를 하며 왕권과 제도를 반대한다고 주장하는 데에 어려움을 겪었다. 그는 17개월의 고통스러운 감옥 생활을 마치고 인도로 갔다. 그는 2012BS에 인도에서 생을 마감했다.

네팔 사회, 특히 억압받은 달릿(Dalit) 공동체로의 그의 공헌을 기리기 위해 우편국에서는 그의 초상을 묘사하는 이 기념 우표를 발행하였다.

NP no.1005 & Sc#834

▶Technical Details ·······································

Description : Bhairab Aryal
Date of Issue : 1 December 2010
Value : Rs.5
Color : Four color with Phosphor Print
Overall Size : 31.5mm X 42.5mm
Perforation :
Sheet : 50 stamps
Quantity : 1/2 million
Designer : M. N. Rana
Printed by : Cartor Security Printing, France

바이랍 아르얄(Bhairab Aryal)

네팔 문학에서 역설 기법의 주도자 중 한 명인 바이랍 아르얄^(Bhairab Aryal)은 1993BS에 라릿푸르^(Lalitpur) 쿠폰돌^(Kupondole)에서 아버지 홈낫 아르얄^(Homnath Aryal)과 어머니 켐쿠마리 아르얄^(Khemkumari Aryal) 사이에서 태어났다. 그는 트리부반^(Tribhuvan) 대학교에서 산스크리트어로 사히트야라트나^(Sahityaratna)와 메트릭^(Matric)을 했고 네팔어로 M.A.를 했다.

그의 문학작품에도 불구하고 다재다능한 아르얄은 또한 언론과 교직에도 종사했다. 그의 첫 창작품이었던 시 나야 지반^(Naya Jivan)은 2009BS에 프라티바 파트리카^(Prativa Patrika)에 출판되었다. 그는 시, 소설, 단편소설, 수필 등을 통해 네팔의 역설 기법을 자신의 창작물에 적용시켰다. 더욱이 그는 여러 유명 기사와 책의 편집, 번역 그리고 분석에도 참여했다. 이티쉬리 한스야뱡야 니반다 상라하^{(Itishree Hansyabyangya Nibandha Sangraha(2028BS))}, 다사와타르 한스야뱡야 니반다상라하^{(Dasawatar Hansyabyangya Nibandasangraha(2033BS))} 등이 그의 유명 출판 작품들 중 일부이다. 명성 있는 역설가이자 편집자 그리고 분석가였던 바이랍 아르얄^(Bhairab Aryal)은 2033BS에 카트만두 골카르나^(Gokarna)에서 숨을 거두었다.

네팔의 역설 기법의 유명 문학 인물이자 네팔 문학에 있어서 귀중한 공헌을 한 바이랍 아르얄을 기리기 위해 네팔 우편국에서는 그의 초상을 묘사하는 이 기념 우표를 발행하였다.

NP no.1006 & Sc#836

▶Technical Details ·····································

Description : Jibraj Ashrit
Date of Issue : 1 December 2010
Value : Rs.5
Color : Four color with Phosphor Print
Overall Size : 31.5mm X 42.5mm
Perforation :
Sheet : 50 stamps
Quantity : 1/2 million
Designer : M. N. Rana
Printed by : Cartor Security Printing, France

지브라즈 아슈릿(Jibraj Ashrit)

지브라즈 아슈릿(Jibraj Ashrit)은 활동적이고 활기 넘치고 선견지명이 있으며 모범적인 네팔의 정치가였다. 그는 일평생을 네팔의 공산주의 운동에 집중했던 사람이다. 그는 2001BS 슈라완(Shrawan) 18일에 하레와(Harewa.) V.D.C.에서 태어났다. 정치계에서의 활발한 참여에도 불구하고 그는 또한 교육에도 심혈을 기울였다. 그는 트리부반(Tribhuvan) 대학교에서 바체롤(Bachelor) 학위를 받았다.

그는 학생 때부터 정치에 관심이 많았다. 그는 2021BS에 네팔 공산당의 일원이 되었다. 네팔 공산주의 운동이 계속해서 진행되던 도중 그는 2026BS부터 2028BS까지 카트만두 중앙 교도소에 투옥되었다. 그는 네팔의 공산당(ML)의 설립자 중 한 명이며 2035BS에 중앙위원회의 일원이 되었다. 그는 비당파 판차야티(Panchayati) 체제의 불리한 시기에 나라의 민주주의를 다시 세우는 데에 큰 기여를 했다. 감옥에서 풀려난 이후 그는 무조건적인 정치 환경 때문에 2028BS부터 2046BS까지 산토쉬(Santhosh), 수실(Susil), 사밀(Samir), 프라빈(Prabin), 아바야(Abhaya) 등의 이름으로 네팔 공산주의 운동에 적극적으로 참여했다. 그는 중앙위원회의 일원이 되었고 2049BS에 CPL(UML)의 조직부장이 되어서 생을 마감할 때까지 직책을 맡았다.

그는 2050BS에 다스드훈가(Dasdhunga) 사고로 생을 마감했다. 이 사건은 네팔 정치에 있어서 중요한 사건으로 여겨진다.

국가의 민주주의 설립과 네팔 공산주의 운동에 있어 큰 공헌을 한 아슈릿을 기리기 위해 우편국에서는 그의 초상을 묘사한 기념 우표를 발행하였다.

NP no.1007 & Sc#838

▶Technical Details ⋯⋯⋯⋯⋯⋯⋯⋯⋯⋯⋯⋯⋯⋯

Description : Bhikkchu Amritananda
Date of Issue : 7 December 2010
Value : Rs.5
Color : Four color with Phosphor Print
Overall Size : 31.5mm X 42.5mm
Perforation :
Sheet : 50 stamps
Quantity : 1/2 million
Designer : M. N. Rana
Printed by : Cartor Security Printing, France

마하스타비르 빅츄 암리타난다(Mahasthabir Bhikkchu Amritananda)

빅츄 암리타난다(Bhikkchu Amritananda)는 네팔의 에스타비르바다(Esthabirbada)
불교를 설립하는 데 중요한 역할을 했다. 그는 1918년에 룸비니(Lumbini)
구역의 탄센(Tansen) 팔파(Palpa)의 빔센 톨(Bhimsen Tol)에서 태어났다. 그는 아버지 히라사히 샤크야(Hirakahi Shakya)와 어머니 티카마야 샤크야(Tikamaya Shakya) 사이에서 태어난 장남이다. 그의 어린 시절 이름은 랄카지 샤크야(Lalkaji Shakya)였다. 그는 10세 때 그의 부모님을 여읜 후 비관주의자가 되었다.

유년 시절 그의 비관적인 행동을 관찰하기 위해 그의 삼촌 모티카지 샤크야(Motikazi Shakya)는 그를 하리마야(Harimaya)와 1992BS에 결혼시켰다. 그의 행동에는 변화가 없었고 결혼 생활에서도 역시 변화가 없었다. 따라서 그는 1936BS에 찬드라마니 마하스타비르(Chandramani Mahasthabir)에 의해 불교에 대한 깨우침을 받았다. 불교의 가르침을 받은 이후 그는 불교를 통해 교육, 건강, 종교 그리고 네팔 사회의 문화로의 굉장한 공헌을 하기 시작했다. 그는 라나(Rana) 정권의 통치자 주드하 샴샤(Juddha Shamsher)에 의해 나라에서 추방당한 네팔의 부처 빅츄(Bhikkchu)를 되돌리기 위해 굉장한 노력을 했다. 트리부반(Tribhuvan) 왕은 부처 빅츄(Bhikkchu)에게 그의 공동 조정에 대해 크게 걱정을 했다. 그는 1956BS에 네팔에서 제4회 세계부처정상회의를 개최하는 데 중요한 역할을 했다. 그는 아난다쿠티 비드야 피사(Anandakuti Biddhya Pitha)를 설립했다. 그는 기리하스시하루(Girihasthiharu-3 vol), 브라마디데브(Bhrahmadidev-3 vol), 프레트카타(Pretkatha) 등을 적었다. 그는 중국, 러시아, 마그놀리아(Magnolia), 호주, 독일, 이집트, 스리랑카 등을 방문해서 불교를 전파했다.

그는 1955년에 네팔 샨산 소바스 쉬리 다르만 취트 반사라카르(Shasan Sovas Shree Dharmaan Chhit Bansalrakar)를 수여받았으며 1968년에는 고라카 닥쉰바후(Gorakha Dakshinbahu)를, 1976년에는 사히트야 차크라와티(Sahitya Chhakrawoti)와 비드햐바리드히(Biddhyabaridhi(PhD))를, 그리고 1984년에는 트리피타크 비샤라드 사산 조타크(Tripitak Bisharad Sasan Jotak)를 받았다. 그는 1990년에 생을 마감했다.

그의 종교적 공헌을 기리기 위해 네팔 우편국에서는 그의 초상을 묘사하는 이 기념 우표를 발행하였다.

NP no.1008 & Sc#839

▶ Technical Details ·····································

Description : Sadhana Adhikari
Date of Issue : 9 December 2010
Value : Rs.5
Color : Four color with Phosphor Print
Overall Size : 31.5mm X 42.5mm
Perforation :
Sheet : 50 stamps
Quantity : 1/2 million
Designer : M. N. Rana
Printed by : Cartor Security Printing, France

사다나 아디카리(Sadhana Adhikari)

사다나 아디카리(Sadhana Adhikari)는 여성 인권 분야에서 평생 기여를 했던 인물로, 네팔 정치에 있어서 모범적인 여성 지도자 중 한 명이다. 그녀는 1982BS에 카트만두 아산(Asan)에서 어머니 람바데비 프라드한(Rambadevi Pradhan)과 아버지 산칼랄 프라드한(Sankarlal Pradhan) 사이에서 둘째로 태어났다. 그녀는 6세 때 어머니를 잃었다. 그녀는 2004BS에 S.L.C를 했던 네팔의 4명의 여성들 중 한 명이 되었다.

그녀는 2004BS부터 네팔 정치에 적극적이었으며 같은 해 바이샤크(Baishak) 17일에 민간 시위로 인해 16일간 구속되었다. 감옥에서 나온 후 그녀는 네팔여성연합 설립에 큰 기여를 했다. 그녀는 또한 여성 저널을 편집하기도 하면서 네팔의 최초 여성 편집자가 되었다. 그녀는 2004BS에 남성과 동등한 여성 투표권을 주장하는 대표단과 함께 라나(Rana) 통치자 파드마 샴샤(Padma Shamsher)에 맞서면서 큰 용기를 표출했다. 그녀는 2007BS에 네팔 공산당에 들어갔고 2010BS에 카트만두 자치제에서 최초의 여성 대표로 선출되었다. 그녀는 또한 어린 시절 가르치는 직업에 종사하기도 했었다. 그녀는 2062BS 바이샤크(Baishak) 11일에 숨을 거두었다.

네팔 정치, 특히 여성 인권 분야에서 일평생 막대한 기여를 했던 그녀를 기리기 위해 네팔 우편국에서는 그녀의 초상을 묘사하는 기념 우표를 발행하였다.

NP no.1020 & Sc#849

▶ Technical Details ···

Description : Mohan Gopal Khetan Industrialist
Date of Issue : 22 November 2011
Value : Rs.5
Color : Four color with Phosphor Print
Overall Size : 31.5mm X 42.5mm
Perforation :
Sheet : 50 stamps
Quantity : 1/2 million
Designer : M. N. Rana
Printed by : SIA Baltijas Banknote, Latvia

모한 고팔 케탄(Mohan Gopal Khetan)

모한 고팔 케탄(Mohan Gopal Khetan)은 2004BS 바드라(Bhadra) 18일에 태어났다. 그는 명석한 두뇌를 가진 사람이었다. 이성적이고 인내심 있는 성격을 소유한 것은 그가 국제 사업을 이해하도록 했을 뿐만 아니라 그가 구체적인 방향을 제시하고 그에 따라 그의 계획을 세움에 따라 산업화에 발맞추는 것을 가능하게 해 주었다. 사업제국의 명성은 그의 증조할아버지 키순랄(Kisunlal)에 의해 거의 150년 전에 세워졌다. 그리고 이 명성은 바티스 코티 마하잔(Battis Koti Mahajan)으로 얻어진 공헌과 함께 할아버지 풀나마르 케탄(Purnamal Khetan)과 아버지 쉬리 비하리랄 케탄(Shri Biharilal Khetan)에게 계승되었다. 바티스 코티 마하잔은 네팔의 역사에서 잘 알려져 있는 것인데, 이는 그의 40년간의 헌신과 공헌으로 한층 더 확장되고 향상되었다.

케탄은 그 자신의 사업제국을 발전시킨 주요 공헌자일 뿐만 아니라 나라 전체의 사업제국 발전의 주요 공헌자로 여겨진다. 오로지 농업에만 의존했던 네팔의 상업 및 산업 인프라를 확장시킨 것에 대한 귀중한 공로는 쉬리 케탄 지(Shree Khetan Ji)에게로 갔다.

케탄은 당시 네팔(Rt H' ble)의 수상이었던 쉬리 만 모한 아드히카리(Sri Man Mohan Adhikari)가 1995년 4월 11~14일에 인도를 공식적으로 방문했을 때 네팔인을 대표해서 그에 의해 서명된 네팔 인도 무역 조약의 내용을 지지한 사람들 중 한 명이었고, 이는 추후 1996년에 네팔·인도 무역조약이 되었다.

사회적 활동에서 쉬리 모한 고팔 케탄은 카트만두 대학교 설립과 과학부 건물과 여성 호스텔의 건축에 기여를 하였다. 그는 또한 하리 케탄

멀티플 캠퍼스(Hari Khetan Multiple Campus) 벌강(Birganj), 판츠타르 멀티플(Panchthar Multiple) 캠퍼스 판츠타르(Panchthar), 아다르샤 칸야(Adarsha Kanya) 캠퍼스, 망갈 바자르(Mangal Bazzar), 카트만두(Kathmandu) 캠퍼스, 피플즈(People's) 캠퍼스, 파탄(Patan) 병원, 모델(Model) 병원, 나라야니 조날(Narayani Zonal) 병원 그리고 아그라 왈 세와 켄드라(Agrawal Sewa Kendra) 그리고 그 안의 사원들에 연루되어 있기 도 하다. 그는 네팔의 마와리 세와 사미티(Marwari Sewa Samiti)에 비하리랄 케 탄(Biharilal Khetan) 기념홀을 지었다.

사회에 있어 그의 공헌은 국내외 다양한 플랫폼에서 인정받았고 슈프 라쉬다 프라왈 골카 닥쉰바나후, 메리트 92~93 라이언즈 클럽 인터네셔 널, 로타리 PHF(Suprashiddha Prawal Gorkha Dakshinbhahu, Merit 92-93 Lions Club International, Rotary PHF), 환경상(UNDP), 포스무슬리(Posthumously)와 같은 메달들로 공경 을 받았다. 그는 '아그라왈 테자스위 라트나(Agrawal Tejaswi Ratna)'와 '오노(Honor)'를 터키 정부로부터 받았다.

본인의 삶 전체를 네팔의 산업 발전에 쏟은, 우리가 언제나 전설로 기 억하고 있어야 하는 모한 고팔 케탄은 2007년 4월 26일에 이 세상을 떠 났다. 사회현상뿐만 아니라 산업 분야에서의 그의 공헌을 기념하기 위해 네팔 우편국에서 그의 초상을 묘사한 기념 우표를 발행하였다.

프렘 바하두르 칸사카르(Prem Bahadur Kansakar)

프렘 바하두르 칸사카르(Prem Bahadur Kansakar)는 네팔의 민주주의와 언어 권리를 위한 투쟁가이자 네팔 바사(Bhasa)어의 작가이자 학자였다. 그는 모국어를 섬기고 고대 작품들을 수집 및 보존하는 데 헌신했으며, 네팔의 유일한 공공 기록보관소였던 아사(Asa) 기록보관소의 설립자였다.

칸사카르는 카트만두에서 상인 가족들 사이에서 태어났다. 두르바르(Durbar) 고등학교 8학년을 마친 그는 인도 파트나(Patna)로 가서 9학년 과정을 수료했다. 1940년에 그는 입학 시험에 통과하여 파트나(Patna) 대학에 입학했다. 그는 다르마 라트나 야미(Dharma Ratna Yami)를 통해 강가 랄 슈레샤(Ganga Lal Shrestha)와 연락이 닿았고 젊은 혁명가에게 크게 감명을 받았다. 그는 공부를 위해 파트나(Patna)로 되돌아갔고 1941년에 그는 야미(Yami)로부터 강가 랄(Ganga Lal)이 순교했다는 소식을 들었다. 1942년에 칸사카르은 인도 민족주의자 M. N. 로이(Roy)가 설립한 급진적인 민주당의 일원이 되었다. 카트만두로 돌아온 그는 네팔의 민주주의를 위해 라나(Rana) 독재 정권에 대항하는 지하 투쟁에 연루되었다. 1944년에 그는 1948년 카트만두 계곡을 가로지르는 시민 불복종 운동을 조직한 네팔 민주 연합을 결성했다. 그는 또한 교육 발전을 위해 일했으며 1946년에 프라딥타 푸스타칼라야(Pradipta Pustakalaya) 도서관을 설립하는 것을 도왔으며, 샨티 니쿤자(Shanti Nikunja) 학교와 파드모다야(Padmodaya) 학교에서 가르치기도 했다. 그는 다른 네팔 민주화 투사와 합류하기 위해 인도 콜카타(Kolkata)로 이동하려 해서 가르치는 일을 그만두었지만, 가는 길에 멈추었고 카트만두에서 발이 묶였다. 1947년에 그는 네팔에서 빠져나와 네팔 라스트리야(Rastriya) 회의에 참석하기 위해 바라나시(Varanasi)로 떠났다.

NP no.1161 & Sc#958

▶ Technical Details ·····································

Description : Prem Bahadur Kansakar
Date of Issue : 9 December 2014
Value : Rs 5.00
Color : Five Colors with Phosphor Print
Overall Size : 32mm X 32mm
Perforation :
Sheet : 40 stamps
Quantity : 1 million
Designer : Purna Kala Limbu Bista
Printed by : Gopsons Printers Pvt Limited, Noida, India

1948년 콜카타(Kolkata)에서 마헨드라 빅람 샤(Mahendra Bikram Shah)와 칸사카르는 네팔 민주당 의회를 각각 대통령과 사무총장으로 설립했다. 1950년에 그 정당은 라나(Rana) 정권에 대항하여 무장 투쟁을 하기로 한 네팔 의회를 위해 비슈웨쉬와르 프라사드 코이랄라(Bishweshwar Prasad Koirala)에 의해 창립된 네팔 라스트리야(Rastriya) 의회와 합병했다. 1951년 라나(Rana) 정권은 타도되었고 네팔에는 민주주의가 수립되었다. 칸사카르는 그 이후에 형성된 새로운 정당인 자나바디 프라자탄트라 상(Janavadi Prajatantra Sangh)의 지도자가 되었다.

그는 또한 작가이자 수필 저자였다. 그는 네팔 바사 수필에 변화를 가져온 것으로 크게 인정받는다. 그의 눈에 띄는 작품들로는 뉴푸쿠(Nhupukhu)와 스완마(Swanma)가 있다. 그는 오래된 노래와 발라드를 모아서 마테나야 미예(Matenaya mye)와 박함-미예(Bakham-mye)를 출판하였다. 그는 격월로 나오는 네팔 바사어 문학 잡지인 시투(Situ)의 편집장이었다. 이는 츠와사 파사(Chwasa Pasa)에 의해 출판되었고 1964년에서 1991년 사이에 출판되었다.

NP no.1021 & Sc#850

▶ Technical Details ·······································

Description : Yagya Raj Sharma Arjyal Eminent Musician
Date of Issue : 23 November 2011
Value : Rs.10
Color : Four color with Phosphor Print
Overall Size : 31.5mm X 42.5mm
Perforation :
Sheet :
Quantity :
Designer :
Printed by : SIA Baltijas Banknote, Latvia

야그야 라지 샤르마(Yagya Raj Sharma)

야그야 라지 샤르마(Yagya Raj Sharma)는 그의 아들이자 가장 훌륭한 음악
가 중 한 명인 찬드라 라지 샤르마(Chandra Raj Sharma)에게 고전음악의 기본
교육을 제공했다. 그는 상짓 시로마니(Sangeet Shiromani(Gem of Music))라는 칭호
를 얻었다. 그 칭호는 네팔의 국무총리 주드하 샴샤(Juddha Shamsher)가 지어
준 것이다. 그는 네팔 아카데믹 카운실(Nepal Academic Council)의 종신 회원이었
으며 설립 일원이기도 하다. 그는 트리부반 프라그야(Tribhuvan Pragya) 상도
받았다.

NP no.1022 & Sc#854

▶ Technical Details

Description : Rishikesh Shah Human Rights Activist
Date of Issue : 23 November 2011
Value : Rs.10
Color : Four color with Phosphor Print
Overall Size : 31.5mm X 42.5mm
Perforation :
Sheet : 50 stamps
Quantity : 1/2 million
Designer : M. N. Rana
Printed by : SIA Baltijas Banknote, Latvia

리시케쉬 샤(Rishikesh Shah)

리시케쉬 샤(Rishikesh Shah)는 1925년에 태어난 네팔의 작가이자 정치가 그리고 인권 운동가이다. 그는 1948년부터 1949년까지 네팔 프라자탄트릭(Prajatantrik) 정당의 일원이었다. 1951년부터 1953년까지 그는 네팔 라스트리야(Rastriya) 의회의 총서기였다. 그 이후 그는 1956년까지 네팔 라스트리야 의회 연합전선의 총서기가 되었다. 그는 1960년부터 1964년까지 재무부 장관을 역임했다. 1962년에 그는 헌법제정위원회 의장이 되었다. 1967년부터 1971년까지 그는 전국 판차야트(Panchayat)의 대학원 선거구를 대표했다. 판차야트에서 그는 민주주의 개혁의 가장 두드러지는 지지자였다.

그는 1956년부터 1960년까지 미국의 네팔 대사였고 네팔의 UN 대표부였다. 1961년 UN 총회에 의해 그는 콩고 상공에서 비행기 사고를 당한 UN 사무총장 데그 하말스크졸드(Dag Hammarskjold)의 죽음을 조사하기 위한 국제위원회의 의장으로 선출되었다. 그는 하말스크졸드의 뒤를 이을 후보자 중 한 명이었지만 우 탄트(U Thant)에게 패하고 말았다. 1962년에 그는 특별 대사로 임명되었다.

NP no.1023 & Sc#851

▶ Technical Details ·····································

Description : Shanker Lamichhane Literature
Date of Issue : 23 November 2011
Value : Rs.10
Color : Four color with Phosphor Print
Overall Size : 31.5mm X 42.5mm
Perforation :
Sheet : 50 stamps
Quantity : 1/2 million
Designer : M. N. Rana
Printed by : SIA Baltijas Banknote, Latvia

샨카르 라미첸(Shankar Lamichhane)

샨카르 라미첸(Shankar Lamichhane)은 의식의 흐름 기법을 네팔 문학으로 도입해 온 네팔 작가이다. 항상 일류의 수필가 중 한 명으로 여겨지는 샨카르 라미첸은 종종 그의 연장자, 동료 그리고 추종자들의 에세이를 손상시키는 무거운 언어에 얽매이지 않고 서정적이고 음악적인 템포로 글을 썼다. 그는 48세의 나이로 이른 죽음을 맞이했지만, 그는 그 이전에 그가 받아들인 익명의 표절 비난에 낙담하여 글쓰기를 그만두었는데, 이는 여전히 비평가들 사이에서 심의되고 있다. 그러나 라미첸의 신선하고 재미있는 문체가 네팔 문학을 매우 풍요롭게 만들었다는 것은 논쟁의 여지가 없다. 그의 수집물인 추상적 친탄(Chintan), 즉 피야즈(Pyaz)는 친밀하고 형이상학적인 주제를 모두 다루는 데 있어서 그의 가벼운 터치를 보여 준다.

NP no.1024 & Sc#853

Description : Motidevi Shrestha Politician
Date of Issue : 23 November 2011
Value : Rs.10
Color : Four color with Phosphor Print
Overall Size : 31.5mm X 42.5mm
Perforation :
Sheet :
Quantity :
Designer :
Printed by : SIA Baltijas Banknote, Latvia

모티데비 슈레사(Motidevi Shrestha)

　모티데비 슈레사(Motidevi Shrestha)는 1912년에 태어나서 1996년에 생을 마감했다. 그녀는 카르마차르야(Karmacharya), 푸쉬파랄 슈레사(Pushpalal Shrestha), 니란잔 고빈다 바이드야(Niranjan Govinda Baidya), 나라얀 비라쉬 조쉬(Narayan Bilash Joshi)와 함께 1949년 4월 22일에 콜카타(Kolkata)에서 네팔 공산당(CPN)을 설립했다. 그녀는 여성해방운동에 적극적이었다. 그녀는 두르가 데비(Durga Devi)라고도 알려져 있는데, 두르가(Durga)란 악마를 죽이고 힘이 센 힌두교 여신의 이름이며 데비(Devi)는 여신이라는 뜻이다. 그녀는 중요한 지도자들을 보호하는 역할을 했기 때문에 이러한 이름으로도 알려졌다. 모티데비(Motidevi) 기념상도 존재한다.

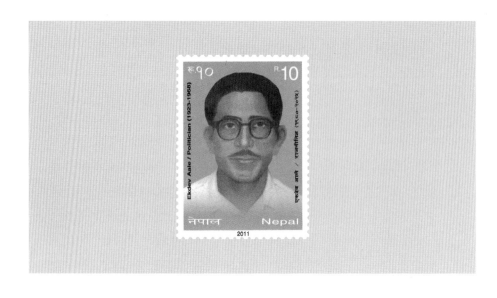

NP no.1025 & Sc#852

▶ Technical Details ·······································

Description : Ekdev Aale Politician
Date of Issue : 9 December 2011
Value : Rs.5
Color : Four color with Phosphor Print
Overall Size : 31.5mm X 42.5mm
Perforation :
Sheet : 50 stamps
Quantity : 1/2 million
Designer : M. N. Rana
Printed by : SIA Baltijas Banknote, Latvia

에크데브 에일(Ekdev Aale)

에크데브 에일(Ekdev Aale)은 네팔 민주주의 운동의 활동적인 정치가였다. 그는 1923년에 간다키 존 타나후(Gandaki Zone Tanahu) 구역의 마눙 아르카라트혹(Maanung-Archalathok)에서 태어났다. 그의 집안은 원래 농부 집안이었는데, 그의 어머니는 보이마야(Boimaya)였고 그의 아버지는 파할 싱 에일(Pahal Sing Aale)이었다. 그는 15세 때 영국 정부의 골카(Gurkha) 연대로 채용되었다. 그는 영국군으로서 제2차 세계대전에 나갔고 전쟁이 끝난 뒤 그는 은퇴했다.

그는 인도인들의 지속되는 '자유운동'에 영향을 받았고 또한 라나(Rana) 통치자들이 네팔 엄마들의 용감한 자식들을 그들의 질서와 우월주의를 앞세우며 살해했던 1997BS에 네팔에서 '성직자' 문제로 유명해졌는데, 그는 라나(Rana) 통치자들과 맞서 싸우는 데에 전념했다. 그는 칼쿠타(Calcutta)에 있는 알라드 힌드(Alad Hind) 부대의 지도자 '수바스 찬드라 보세(Subas Chandra Bose)'를 만난 이후 정치운동에 전념했다. 그리고 나서 그는 네팔 묵티 세나(Mukti Sena)에 합류했다. 그는 발강(Birganj)과 반디푸르(Bandipur)를 라나 통치자들로부터 해방시키는 데에 성공적인 역할을 수행했다. 그는 가난하고 땅이 없는 농부들에게도 리더십을 발휘하였다. 그는 공산당에 합류하고 국가의 정치, 경제, 사회 그리고 문화적 지위를 변화시키기 위해 활발히 역할을 수행한 이후 2009BS에 평생의 정치인이 되었다. 2023BS에 그는 외국으로 갈 것을 강요 받아왔고 생계를 찾아 헤매는 사람들을 일깨우고 조직하기 위해서 캠페인을 이끌었고 이러한 사람들을 위해 해외 네팔 복지협회를 설립하였다. 그는 1969년 1월 26일에 인도 비하르(Bihar-)의 다르방가(Darvanga) 의학대학에서 숨을 거두었다.

국가의 민주주의를 설립한 그의 공헌을 기리기 위해 네팔의 우편국에서는 그의 초상을 묘사하는 이 기념 우표를 발행하였다.

NP no.1043 & Sc#868

▶ Technical Details

Description : Ramesh Mahato Martyr of Madhesh Movement
Date of Issue : 19 January 2012
Value : Rs.10
Color : Four color with Phosphor Print
Overall Size : 31.5mm X 42.5mm
Perforation :
Sheet : 50 stamps
Quantity : 1 million
Designer : M. N. Rana
Printed by : SIA Baltijas Banknote, Latvia

마드헤스 운동(Madhes Movement)

마드헤스(Madhes) 운동은 다양한 정치적 정당들, 특히 마드헤스를 기반으로 한 정당들로부터 시작된 정치적 운동이다. 이 운동은 마드헤시스(Madhesis), 타루스(Tharus), 무슬림(Muslisms) 그리고 잔자티(Janjati) 단체들의 동등한 권리, 존엄성 그리고 정체성을 위해 일어난 운동이다. 거의 십 년 동안, 네팔은 세 가지 마드헤스 운동을 목격했다. 첫 번째 마드헤스 운동은 2007년에, 두 번째 마드헤스 운동은 2008년에 그리고 세 번째 마드헤스 운동은 2015년에 일어났다. 라메쉬 마하토(Ramesh Mahato)는 2007년 라한(Lahan)에서 순교를 한 최초의 마드헤스 순교자이다.

NP no.1044 & Sc#869

▶ Technical Details ·······································

Description : Gajendra Narayan Singh Politician
Date of Issue : 19 January 2012
Value : Rs.10
Color : Four color with Phosphor Print
Overall Size : 31.5mm X 42.5mm
Perforation :
Sheet :
Quantity :
Designer :
Printed by : SIA Baltijas Banknote, Latvia

가젠드라 나라얀 싱(Gajendra Narayan Singh)

가젠드라 나라얀 싱(Gajendra Narayan Singh)은 1930년 3월 19일에 삽타리
(Saptari) 지역에서 태어났다. 그는 1947년에 네팔 라스트리아(Rastriya) 의회에
합류하면서 정치적 업적을 시작했다. 그는 1960년 12월 15일에 일어난 왕
실 인수인계 이후 라즈비라즈(Rajbiraj) 감옥으로 투옥되었다. 감옥에서 나
온 그는 인도로 망명했다. 1979년에 사면 이후 네팔로 돌아온 그는 국민
투표 기간 동안 다당제 찬성 운동을 했다. 1981년 그는 삽타리(Saptari) 지
역 첫 총선거에서 경합을 벌였다. 1982년 4월 24일에 제리스와르(Jaleswar)
감옥에서 풀려난 이후 그는 네팔 사드바바나 파리샤드(Nepal Sadbhavana
Parishad, NSP)의 중앙실무위원회의 창립자이자 의장이 되었다. 1986년에 그는
삽타리(Saptari) 지역에서 라스트리아 판차야트(Rastriya Panchayat)의 일원으로 당
선되었다. 그는 1990년에 네팔 민주주의의 복구를 위한 민중운동에 적극
적으로 참여했다. 1990년에 네팔 사드바바나 파리샤드는 네팔 사드바바
나 정당(Nepal Sadbhavana Party, NSP)으로 바뀌었다. 1991년 6월 10일 그는 만장
일치로 NSP의 지도자로 선출되었고, 1995년 9월 12일부터 공급부 장관
으로서 일을 하기 시작했다.

NP no.1045 & Sc#870

▶ Technical Details ·································

Description : Girija Prasad Koirala
Date of Issue : 11 February 2012
Value : Rs.10
Color : Four colors with Phosphor Print
Overall Size : 31.5mm X 42.5mm
Perforation :
Sheet : 50 stamps
Quantity : 1 million
Designer : M. N. Rana
Printed by : SIA Baltijas Banknote, Latvia

기리자 프라사드 코이랄라(Girija Prasad Koirala)

네팔의 정치인 기리자 프라사드 코이랄라(Girija Prasad Koirala)는 기리자 바후(Girija Babu)나 G. P. 코이랄라(Koirala)로도 널리 알려져 있는데, 그는 1924년 7월 4일에 태어나 2010년 3월 20일에 생을 마감했다. 그는 네팔 의회를 이끌었고 4차례에 걸쳐 네팔의 총리를 역임했다. 2007년 1월부터 2008년 7월까지 네팔이 군주제에서 공화국으로 전락함에 따라 그는 네팔의 대통령 권한대행이었다.

60년 이상 정치 활동을 활발히 한 코이랄라는 네팔 노동운동의 선구자로, 그의 고향 비라트나가르(Biratnagar)에서 비라트나가르 주테(Biratnagar Jute)의 파업으로 알려진 네팔 땅에서 최초의 정치적인 노동자 운동을 시작했다. 1991년 그는 1959년에 그의 형 B. P. 코이랄라(Koirala)와 네팔 의회당이 그 나라의 첫 민주 선거에서 압승을 거둔 이후 처음으로 민주적으로 선출된 총리가 되었다.

2012

NP no.1063 & Sc#884

▶Technical Details ·····································

Description : Krishna Prasad Bhattarai, Politician
Date of Issue : 23 December 2012
Value : Rs.10
Color : Four color with Phosphor Print
Overall Size : 31.5mm X 42.5mm
Perforation :
Sheet : 20 stamps
Quantity : 1/2 million
Designer : M. N. Rana
Printed by : SIA Baltijas Banknote, Latvia

크리슈나 프라사드 바타라이(Krishna Prasad Bhattarai)

크리슈나 프라사드 바타라이(Krishna Prasad Bhattarai)는 1924년 12월 13일에 태어난 네팔의 정치적 지도자로 크리슌지(Kishunji)라고도 알려져 있다. 그는 네팔을 완전한 군주제에서 민주적인 다당 체제로 전환시키는 데 관여한 주요 지도자들 중 한 명이다.

그는 자나-안도란(Jana-Andolan)이라 불리는 대중적인 민주주의 운동 이후 1990년 4월에 네팔 수상이 되었다. 바타라이는 1990년 4월 19일부터 1991년 5월 26일까지 한때 임시정부 수반이었던 네팔의 수상의 두 배 정도로 길게 임명을 맡았고 결국 1999년 5월 31일부터 2000년 3월 22일까지 수상으로 선출되었다.

바타라이는 1976년 2월 12일부터 거의 26년 가까이 네팔 의회의 의장직을 맡았고 1988년부터 1992년까지 당 대표로 선출되었다. 그는 임기 시작부터 네팔의 민주주의 운동에 참가했다. 네팔의 헌법은 그가 임시 수상이었을 때 공표되었고 그는 1990년에 국회의원 선거를 성공적으로 치러서 네팔 정치사의 이정표로써의 공로를 인정받았다.

NP no.1069 & Sc#892

▶ Technical Details ·······································

Description : Karuna Ratna Tuladhar & Lupau Ratna Tuladhar
Date of Issue : 31 December 2012
Value : Rs.10
Color : Four colors with Phosphor Print
Overall Size : 42.5mm X 31.5mm
Perforation :
Sheet :
Quantity :
Designer :
Printed by : SIA Baltijas Banknote, Latvia

카루나 라트나 투라드하르(Karuna Ratna Tuladhar)

카루나 라트나 투라드하르(Karuna Ratna Tuladhar)는 1920년 10월 23일에 태어났고 네팔 대중교통의 개척자였다. 그는 그와 그의 형 루파우 라트나 투라드하르(Lupau Ratna Tuladhar)가 1959년에 설립했던 네팔 교통 서비스의 소유주였다. 이는 수도 카트만두와 철도터미널 암레크강(Amlekhganj)을 연결하는 최초의 대중버스 서비스였다. 같은 해에 네팔 교통 서비스는 또한 카트만두와 카트만두 계곡의 세 도시 중 하나인 파탄 라릿푸르(Lalitpur) 사이를 다니는 최초의 지역 셔틀버스를 시작했다.

루파우 라트나 투라드하르(Lupau Ratna Tuladhar)

루파우 라트나 투라드하르(Lupau Ratna Tuladhar)는 1918년 6월 22일에 태어났으며 네팔의 무역가이자 운송의 선구자였다. 그와 그의 동생 카루나 라트나 투라드하르(Karuna Ratna Tuladhar)는 1959년에 네팔 교통 서비스를 설립했으며 네팔 최초의 대중 버스 서비스를 제공했다. 이 회사는 1966년에 문을 닫았다. 카트만두에서 네팔 교통 서비스를 설립하기 이전에 그는 1940년대에 다르모다야(Dharmodaya) 잡지에 종교적 주제로 여러 기사를 올렸다.

NP no.1070 & Sc#891

▶ Technical Details ······································

Description : Kishor Narsingh Rana & Kumar Narsingh Rana
Date of Issue : 31 December 2012
Value : Rs.10
Color : Four colors with Phosphor Print
Overall Size : 42.5mm X 31.5mm
Perforation :
Sheet : 20 stamps
Quantity : 1/2 million
Designer : M. N. Rana
Printed by : SIA Baltijas Banknote, Latvia

네팔의 라나 궁(Rana Palaces of Nepal)

  네팔의 라나(Rana) 궁은 네팔의 라나(Rana) 왕조 통치자들에 의해 세워졌다. 라나 통치는 104년간 지속되었고, 그 시간 동안 많은 거대한 왕족 건축물들이 지어졌는데 특히 수상, 그의 직속 가족, 그리고 다른 고관들의 거주지가 지어졌다.

  이러한 거대한 라나 왕궁은 라나 통치자들이 평민들에게 그들의 우월감을 보여 주곤 했던 장소이다. 이곳은 '하얀 코끼리' 라 불렸고 광활한 드넓은 땅의 중심에 세워져 있었다. 라나 왕조의 독재 정권이 무너진 이후, 몇몇 궁들은 정부 건물로 전환되었다. 다른 궁들은 소유자들에 의해 철거되었고 도서관, 박물관, 호텔, 그리고 유적 단지로 재건축되었다. 쿠마르 나르싱 라나(Kumar Narsingh Rana)와 키쇼르 나르싱 라나(Kishor Narsingh Rana)는 1900년대 초반에 라나 궁을 건축했다.

NP no.1072 & Sc#894b

▶ Technical Details ·······································

Description : Rajman Singh Chitrakar
Date of Issue : 31 December 2012
Value : Rs.10
Color : Four colors with Phosphor Print
Overall Size : 42.5mm X 3.5mm
Perforation :
Sheet : 20 stamps
Quantity : 1/2 million
Designer : M. N. Rana
Printed by : SIA Baltijas Banknote, Latvia

라즈만 싱 치트라칼(Rajman Singh Chitrakar)

1816년에 맺어진 수가울리(Sugauli) 조약은 다른 분야들과 마찬가지로 네팔 회화에 있어서도 새로운 장을 펼쳤다. 화가로서 라즈만 싱 치트라칼(Rajman Singh Chitrakar)의 출현은 진실을 의심하는 새로운 서양 사상과 기법의 출현을 의미한다. 1821년에 시작된 라즈만 싱 치트라칼(Rajman Singh Chitrakar)의 미술 여행은 네팔 회화에서 서양 사상이 들어온 새로운 시대의 시작으로 여겨진다. 라즈만 싱 치트라칼(Rajman Singh Chitrakar)은 당시 영국 공사관에 거주했던 브라이언 호지슨(Brian Hodgson)과 함께 참여한 전문직 협회의 결과로서 1821년 카트만두로 서양 기법과 사상들을 가져올 수 있었다.

네팔 예술의 역사에서 라즈만 싱는 지금까지 종교적 사상에 국한되었던 회화에서 세속적인 주제를 표현해 낸 최초의 인물로 알려져 있으며, 그는 또한 회화 도구와 기법에 있어서도 변화를 가져왔다. 그는 치아루스쿠로(Chiaruscuro), 즉 빛과 그늘의 개념, 관점에 대한 생각 그리고 무엇보다도 3차원 묘사의 중요성을 처음으로 도입한 사람으로 알려져 있다.

라즈만는 또한 특정 새나 야생 동물들을 묘사한 네팔 동물상에 대한 상세한 연구와 시각으로 불교 사리탑, 사원, 파고다 등의 건축적 내용을 네팔 회화에 도입한 최초의 인물로 알려져 있다. 이러한 모든 역사적으로 중요한 작품들은 안정하게 남아 있고 파리와 런던의 프리스티져스(Pristigious) 박물관에 전시되어 있다.

라즈만 싱 치트라칼가 네팔 회화의 역사에 있어서 만들어 낸 이러한 역사적 공헌들을 기리기 위해, 네팔 우편국에서는 이러한 예술가를 묘사한 기념 우표를 발행하였다.

NP no.1073 & Sc#886

▶ Technical Details ·······································

Description : Basudev Luintel Litterateur
Date of Issue : 31 December 2012
Value : Rs.5
Color : Four colors with Phosphor Print
Overall Size : 42.5mm X 31.5mm
Perforation :
Sheet :
Quantity :
Designer :
Printed by : SIA Baltijas Banknote, Latvia

바수데브 루인텔(Basudev Luintel)

바수데브 루인텔(Basudev Luintel)은 1917년 9월 7일에 카트만두의 둔가 아다(Dhunga Adda) 지역에서 태어났다. 그는 1933년부터 1942년까지 카트만두의 틴다라 파샬라(Tindhara Pathshala)의 학생이었다. 그는 1942년부터 1947년까지 네팔리 바샤 프라카시니(Nepali Bhasha Prakashini) 협회의 권위자였으며 1947년부터 1953년까지는 골카파트라 차파카나(Gorkhapatra Chhapakhana)의 권위자였다. 또한 그는 1948년부터 약 20년간 주도다야(Juddhodaya) 공립 고등학교의 교사이기도 했다. 1950년부터 1969년까지는 칸티 이스와리 라즈야 락스미(Kanti Iswari Rajya Laxmi) 고등학교, 1953년부터 1961년까지는 라트리 파샬라(Ratri Pathshala) 고등학교 교사를 겸하기도 했다. 1955년부터 그는 파탄(Patan)에 있는 마단 푸르스카 구시(Madan Puraskar Guthi)에서 타자기 직원이자 추후 사무 비서로 일했다. 1958년부터는 자가담바(Jagadamba) 언론사에서 매니저로 일했으며 1969년부터 1986년까지는 네팔형 주조 공장의 총매니저로 일했다. 또한 그는 1974년부터 1989년까지 파탄 도카(Patan Dhoka)에 있는 자가담바 구시(Jagadamba Guthi)에서 내부 저자로 일했다. 그가 쓴 책으로는 "버트 차이나(Bhut Chhaina), 치티티 체페타(Chiththi Chapeta), 빔셴파티(Bhimsenpati), 자야 네팔(Jaya Nepal), 카카카 쿠라(Kakaka Kura)" 등이 있다.

NP no.1074 & Sc#890

▶ Technical Details ·····································

Description : Khagendra Bahadur Basnet Social Activist
Date of Issue : 31 December 2012
Value : Rs.10
Color : Four colors with Phosphor Print
Overall Size : 42.5mm X 31.5mm
Perforation :
Sheet :
Quantity :
Designer :
Printed by : SIA Baltijas Banknote, Latvia

카겐드라 바하두르 바스넷(Khagendra Bahadur Basnet)

카겐드라 바하두르 바스넷(Khagendra Bahadur Basnet)은 네팔 시각장애인협회의 창립총장이다. 네팔 시각장애인협회는 네팔에서 장애인 복지를 제공하기 위해 1969년에 설립된 최초의 자발적 사회단체이다. 그 역시도 장애를 갖고 있었으며 30년간 일어설 수 없었다. 이곳에서는 다양한 연령의 장애인 103명이 7단계까지 달하는 일반적인 교육을 받고 4년간 직업훈련을 받는다. 그는 또한 1977년에 장애인의 재활을 위해 카겐드라 나바지반 켄드라(Khagendra Navajeevan Kendra)를 설립했다.

NP no.1075 & Sc#888

▶Technical Details ·······································

Description : Ram Niwas Pandeya Educator
Date of Issue : 31 December 2012
Value : Rs.10
Color : Four colors with Phosphor Print
Overall Size : 42.5mm X 31.5mm
Perforation :
Sheet :
Quantity :
Designer :
Printed by : SIA Baltijas Banknote, Latvia

판디, 람 니와스(Pandey, Ram Niwas)

판디, 람 니와스(Pandey, Ram Niwas)는 1938년 1월 12일에 카필바스투(Kapilvastu) 지역의 투로가우라하(Thulogauraha)에서 태어났다. 그는 역사, 문화 그리고 고고학 분야의 교수였다. 그는 1965년에 트리부반(Tribhuvan) 대학교의 교수가 되었다. 그는 1966년부터 1974년까지 민족문화발전위원회인 HMG의 일원이었다. 또한 그는 1981년부터 1987년까지 룸비니(Lumbini) 발전위원회의 일원이었다. 1981년부터 그는 네팔 역사, 문화 그리고 고고학 저널(NEHCAJ)의 편집자로 일했으며 추후 편집장이 되었다. 1982년 그는 트리부반 대학교에서 네팔 역사, 문화 그리고 고고학 중앙 부서장이 되었다. 1989년에 그는 네팔 왕실 아카데미(RNA)의 일원이 되었고 1994년 6월에 RNA에서 사임했다. 1994년에 그는 트리부반 대학 학회의 일원이 되었다. 그는 "A Brief Survey of Nepalese Art Forms"이라는 책과 함께 수많은 연구 보고서를 작성했다.

NP no.1077 & Sc#887

▶ Technical Details ·····························

Description : Alimiya Folk Singer
Date of Issue : 31 December 2012
Value : Rs.10
Color : Four colors with Phosphor Print
Overall Size : 42.5mm X 31.5mm
Perforation :
Sheet :
Quantity :
Designer :
Printed by : SIA Baltijas Banknote, Latvia

알리미야(Alimiya Folk Singer)

일부 사람들은 사후에도 지대한 영향을 미친다. 네팔 시인 알리미야 (Alimiya Folk Singer)이 그러한 사람이다. 그는 무슬림이었으며 1918년에 태어나서 2006년 8월 3일 89세의 나이로 포카라에서 숨을 거두었다. 마지막 순간에 그는 가족들, 친구들 그리고 이웃들과 함께 있었다. 미얀(Miyan)은 그의 일생동안 그의 시 작품들로 자담바(Jadamba) 상, 인드라 라즈야 락스미(Indra Rajya Laxmi) 상, 시로마니(Siromani) 상 그리고 나라얀 고팔(Narayan Gopal) 상 등 여러 개의 상을 받으면서 공경받았다.

NP no.1078 & Sc#895

▶ Technical Details ·······································

Description : Pandit Ramkanta Jha(Litterateur)
Date of Issue : 18 January 2013
Value : Rs.10
Color : Four colors with Phosphor Print
Overall Size : 42.5mm X 31.5mm
Perforation :
Sheet : 20 stamps
Quantity : 1/2 million
Designer : M. N. Rana
Printed by : SIA Baltijas Banknote, Latvia

판딧 람칸타 자(Pandit Ramkanta Jha)

자유 투쟁가로 잘 알려진 판딧 람칸타 자(Pandit Ramkanta Jha)는 1907년 12월 5일에 다누샤(Dhanusha)의 바반가마 로하나(Babhangama Lohana)에서 태어났다. 그는 1935년 5월 4일에 22명의 다른 운동가들과 함께 라나(Rana) 정권을 끝내기 위한 혈액 서명운동을 시작했고 서명했다. 그는 네팔 의회의 설립 멤버 중 한 명이다. 그는 마호타리(Mahottari)의 구의장이 되기도 했다. 그는 1951년 1월 17일에 지배자 루드라 프라사드 기리(Governor Rudra Prasad Giri)에 의해 감옥에서 풀려난 이후 공개적으로 중형을 선고받았다. 그는 1971년 9월 26일에 숨을 거두었다.

NP no.1080 & Sc#897

▶Technical Details ·······································

Description : Melwa Devi Gurung(Singer)
Date of Issue : 10 June 2013
Value : Rs.5
Color : Four colors with Phosphor Print
Overall Size : 42.5mm X 31.5mm
Perforation :
Sheet : 20 stamps
Quantity : 1/2 million
Designer : M. N. Rana
Printed by : SIA Baltijas Banknote, Latvia

멜화 데비 구룽(Melwa Devi Gurung)

　멜화 데비 구룽(Melwa Devi Gurung)은 1956년에 오크할둔가(Okhaldunga)의 람
자타르(Ramjatar)에서 태어났다. 그녀는 네팔어로 노래를 녹음한 최초의 네
팔 여성 민요 가수이다. 그녀의 음악적 여정은 라나(Rana) 수상이었던 차
난드라 샴샤(Chanadra Shamsher)의 궁궐로부터 시작되었다. 그녀는 아름다운
목소리로 축복을 받은 것 이외에도 노래 가사를 쓰고 작곡을 하는데에
있어서 매우 우수했다. 그녀는 2012BS에 사망했다. 그러나 그녀의 곡들
과 신이 내린 목소리는 네팔 음악 산업에서 그녀가 언제나 살아 있도록
해 준다.

NP no.1086 & Sc#903

▶ Technical Details ·····································

Description : Moti Kaji Shkya Sculpturist
Date of Issue : 9 October 2013
Value : Rs.10
Color : Four colors with Phosphor Print
Overall Size : 42.5mm X 31.5mm
Perforation :
Sheet : 20 stamps
Quantity : 1 million
Designer : Purna Kala Limbu
Printed by : SIA Baltijas Banknote, Latvia

모티 카지 샤크야(Moti Kaji Shakya)

모티 카지 샤크야(Moti Kaji Shakya)는 1970BS에 카트만두 날데비톨(Nardevitol)에서 태어났다. 그는 15세의 이른 나이에 그의 삼촌으로부터 조각을 배웠고 금, 은, 그리고 다른 다양한 금속들로 조각하기 시작했다. 트리부반(Tribhuvan) 왕의 초상이 묘사된 Rs.1 동전과 50 페이사(paisa) 동전의 모델은 그의 유능한 손에 의한 결과물이다. 다른 지역에서 그는 왕족 가문을 공경하는 의미로 예술적인 파슈파티나스(Pashupatinath) 사원, 스웨이엠부나트(Swayambhunath) 사원, 카트만답(Kathmandap) 그리고 다른 예술계의 우상들을 금과 은으로 조각했다. 그는 국내외에서 그의 작품들로 여러 전시회를 열었다. 그는 83세의 나이로 2053BS에 숨을 거두었다.

NP no.1087 & Sc#904

▶ Technical Details ·······························

Description : Bhim Bahadur Tamang Politician
Date of Issue : 9 October 2013
Value : Rs.10
Color : Four colors with Phosphor Print
Overall Size : 42.5mm X 31.5mm
Perforation :
Sheet : 20 stamps
Quantity : 1 million
Designer : Purna Kala Limbu
Printed by : SIA Baltijas Banknote, Latvia

빔 바하두르 타망(Bhim Bahadur Tamang)

빔 바하두르 타망(Bhim Bahadur Tamang)은 1990BS에 도라크하(Dolakha) 지역에서 태어났다. 인도 독립 운동과 간디 철학은 그에게 정치적 의식을 불러일으켰다. 네팔 사회의 가난과 문맹과 맞서 싸우겠다는 바른 마음으로 그는 '자나 프라밧(Jana Prabhat)'이라고 이름 붙은 학교를 열었다. 그는 네팔 의회에 합류했고 적극적으로 다당 체제를 선호하는 운동에 참여했다. 2047BS에 일어난 민주주의의 복구 이후, 그는 네팔 의회 중앙위원회의 일원으로 임명되었다. 그는 그가 심장마비로 생을 마감한 2069BS 망시르(Mangsir) 16일까지도 의회당에서 일했다. 정직함, 희생 그리고 이상적인 삶에 대한 그의 메시지는 그가 생을 마감한 이후에도 모든 네팔 시민들에게 전해진다.

NP no.1088 & Sc#905

▶ Technical Details ·······································

Description : Basudev Prasad Dhungana Senior Advocate
Date of Issue : 9 October 2013
Value : Rs.10
Color : Four colors with Phosphor Print
Overall Size : 42.5mm X 31.5mm
Perforation :
Sheet : 20 stamps
Quantity : 1 million
Designer : Purna Kala Limbu
Printed by : SIA Baltijas Banknote, Latvia

바수데브 프라사드 둔가나(Basudev Prasad Dhungana)

바수데브 프라사드 둔가나(Basudev Prasad Dhungana)는 1989BS 펠건(Falgun) 5일에 태어났다. 그는 네팔의 민주주의, 인권, 외교 부문, 법 그리고 사법 부문에 많은 기여를 했다. 둔가나(Dhungana)는 판차야트(Panchayat)의 일원이자 부통령, 교육부 및 법무부 장관, 고위 사법개혁추진위원회 부위원장, 카트만두 시장, 2번의 대법원 변호사협회 회장, 중앙선거관찰위원회 위원장, 그리고 네팔의 주미 대사를 역임하며 국가에 헌신했다. 그는 그의 공헌을 인정하는 국가에 의해 'Senior Advocate' 라는 명칭으로 공경을 받았다. 그는 2069BS 아소즈(Asoj) 26일에 숨을 거두었다.

NP no.1089 & Sc#902

▶ Technical Details ·······························

Description : Ramraja Prasad Singh Politician
Date of Issue : 9 October 2013
Value : Rs.10
Color : Four colors with Phosphor Print
Overall Size : 42.5mm X 31.5mm
Perforation :
Sheet : 20 stamps
Quantity : 1 million
Designer : Purna Kala Limbu
Printed by : SIA Baltijas Banknote, Latvia

람라자 프라사드 싱(Ramraja Prasad Singh)

네팔 최초의 공화주의 지지자였던 람라자 프라사드 싱(Ramraja Prasad Singh)은 1935년 10월 16일에 삽타리(Saptari)의 코이라디(Koiladi)에서 태어났다. 그는 2042BS에 왕궁, 싱두르바르(Singhdurbar), 하누만도카(Hanumandhoka), 라스트리야 판차야트 바완(Rastriya Panchayat Vawan) 그리고 아나푸르나(Annapurna) 호텔에 동시에 폭탄을 터뜨리면서 공화주의의 설립을 위해 무장투쟁을 했다. 민주주의가 복구된 이후 그는 2052BS에 일반 사면을 받았다. 네팔 공화국의 첫 대통령 선거 때 그는 UCPN 측으로부터 대통령 후보자로 지명되었다. 그는 2069BS 바드라(Bhadra) 27일에 숨을 거두었다. 그는 숨을 거둔 이후 2060BS 마흐(Magh) 12일에 국가로부터 '라스트라 가우라브(Rastra Gaurav)'라는 명칭으로 크게 공경을 받았다.

NP no.1090 & Sc#907

▶Technical Details ·······························

Description : Gopal Pande 'Aseem' Litterateur
Date of Issue : 9 October 2013
Value : Rs.10
Color : Four colors with Phosphor Print
Overall Size : 42.5mm X 31.5mm
Perforation :
Sheet : 20 stamps
Quantity : 1 million
Designer : Purna Kala Limbu
Printed by : SIA Baltijas Banknote, Latvia

고팔 판데 아심(Gopal Pande 'Aseem')

고팔 판데 아심(Gopal Pande 'Aseem')은 카트만두에서 1970BS에 태어났다. 1990BS에 발생한 파괴적인 지진은 그가 사회운동가로 전향하도록 만들었다. 그는 "라차나 케샤(Rachana Keshar)"를 고안했고 출판했다. 이를 통해 그는 네팔의 문법들을 하나로 통일시키기 위한 목적으로 네팔의 글들을 정형화하는 데에 많은 노력을 했다. 그는 네팔 정부의 동의로 2008BS에 네팔 시크샤 파리샤드(Shikshya Parishad)를 설립했으며, 네팔 프라베시카 파리크샤(Praveshika Parikshya)가 정부의 학교 출국 자격증 심사(Government's School Leaving Certificate Examination)와 동일하다고 설명했다. 따라서 네팔 언어에의 그의 헌신은 모든 방면에서 최고라고 여겨진다. 그는 2035BS에 숨을 거두었다.

NP no.1091 & Sc#906

▶ Technical Details ·······································

Description : Harihar Gautam Social Worker
Date of Issue : 9 October 2013
Value : Rs.10
Color : Four colors with Phosphor Print
Overall Size : 42.5mm X 31.5mm
Perforation :
Sheet : 20 stamps
Quantity : 1 million
Designer : Purna Kala Limbu
Printed by : SIA Baltijas Banknote, Latvia

하리하르 과탐(Harihar Gautam)

하리하르 과탐(Harihar Gautam)은 1958BS에 네팔의 마호타리(Mahottari) 지역에서 태어났다. 그는 네팔의 교육 부문에 굉장한 기여를 한 사회운동가였다. 그는 산스크리트 학교, 초등학교, 중학교, 건강센터, 식사와 하숙이 제공되는 호스텔 등을 건축했다. 또한 그는 네팔의 병원과 도로 건설을 위해 기부하기도 했다.

NP no.1092 & Sc#911

▶ Technical Details ································

Description : Kewalpure Kisan(Poet)
Date of Issue : 30 October 2013
Value : Rs.5
Color : Four colors with Phosphor Print
Overall Size : 42.5mm X 31.5mm
Perforation :
Sheet : 20 stamps
Quantity : 1 million
Designer : Purna Kala Limbu
Printed by : SIA Baltijas Banknote, Latvia

케와르푸레 키산(Kewalpure Kisan)

케와르푸레 키산(Kewalpure Kisan)은 1983BS에 다딩(Dhading) 지역의 케와르푸르(Kewalpur)에서 태어났다. 그는 친숙한 작사가이자 진보적인 시인으로 알려져 있다. 그는 유명한 운동가이자 '할로(Halo) 운동'의 창시자이다. 그의 노래들과 시들은 고된 농부들과 노동자들을 위한 것이다. 그의 작품들이 사람들의 실제 슬픔과 비참함을 묘사하기 때문에, 그 작품들이 혁명의 본질적 요소를 담고 있는 것은 분명하다. 그의 시의 대부분이 열성적이고 광적인 요소들로 가득함에도 불구하고, 그의 시가 슬픔과 고통으로부터 자유롭지 않은 것은 사실이다. 그는 2068BS에 숨을 거두었다.

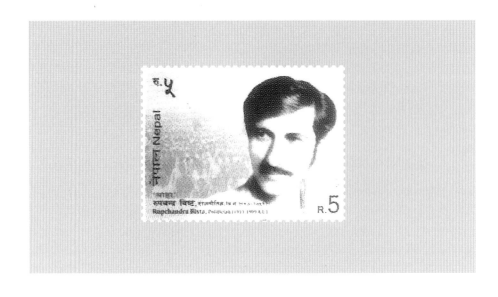

NP no.1093 & Sc#910

▶ Technical Details ·······································

Description : Rupchandra Bista(Politician)
Date of Issue : 30 October 2013
Value : Rs.5
Color : Four colors with Phosphor Print
Overall Size : 42.5mm X 31.5mm
Perforation :
Sheet : 20 stamps
Quantity : 1 million
Designer : Purna Kala Limbu
Printed by : SIA Baltijas Banknote, Latvia

루프찬드라 비스타(Rupchandra Bista)

　정치인이자 사회 개혁가였던 루프찬드라 비스타(Rupchandra Bista)는 1990BS에 태어났다. 그의 원칙은 진실을 말하고, 사람들을 혼란 속으로 빠뜨리지 않으며 지고 이기고에 상관 없이 선거에서 정직한 후보자가 되는 것이었다. 그는 국가의 정치 체계를 바꾸기 위해 입법자가 되고 싶어했다. 그는 최초로 네팔에 '타하(Thaha)' 철학을 도입한 사람이다. 그는 정당이 없는 체제에서 다정당 체제로 정치 체계를 바꿨을 뿐만 아니라, 네팔의 공산주의 철학을 유명하게 만들었다. 그는 정치는 항상 시민들 편에 서야 하며 헌법은 선출된 국회의원으로부터 파생되어야 한다고 믿었다. 그는 2056BS에 66세의 나이에 숨을 거두었다.

NP no.1094 & Sc#912

▶ Technical Details ·······································

Description : Rupak Raj Sharma(Footballer)
Date of Issue : 30 October 2013
Value : Rs.10
Color : Four colors with Phosphor Print
Overall Size : 42.5mm X 31.5mm
Perforation :
Sheet : 20 stamps
Quantity : 1 million
Designer : Purna Kala Limbu
Printed by : SIA Baltijas Banknote, Latvia

루팍 라즈 샤르마(Rupak Raj Sharma)

네팔 축구 팀의 가장 성공적인 팀장이었던 루팍 라즈 샤르마(Rupak Raj Sharma)는 2010BS 마흐(Magh) 10일에 태어났다. 그는 2030BS부터 2042BS까지 국내 축구팀을 이끌었다. 그는 고르카 닥신 바후(Gorkha Dakshin Bahu) 상과 여러 다른 명망 있는 상을 받으며 공경을 받았다. 그는 2043BS에 네팔 최초의 FIFA 심사위원이 되기도 했다. FIFA에서 심사를 마치고 파키스탄으로 돌아오던 2049 아슈윈(Ashwin) 12일에 PIA 항공기 추돌사고는 그의 가족들, 친구들 그리고 팬들에게 그의 죽음이라는 믿을 수 없는 결과를 가져왔다. 나라에서는 스포츠로의 그의 견줄 바 없는 공헌을 기리는 의미에서 사후 루팍 라즈 샤르마(Rupak Raj Sharma)를 '국가의 인재'라고 선언했다.

NP no.1095 & Sc#913

▶ Technical Details ·······································

Description : Ram Sharan Darnal(Music Researcher)
Date of Issue : 30 October 2013
Value : Rs.10
Color : Four colors with Phosphor Print
Overall Size : 42.5mm X 31.5mm
Perforation :
Sheet : 20 stamps
Quantity : 1 million
Designer : Purna Kala Limbu
Printed by : SIA Baltijas Banknote, Latvia

람 샤란 다르날(Ram Sharan Darnal)

람 샤란 다르날(Ram Sharan Darnal)은 1994BS 아샤드(Ashadh) 27일에 카트만두 칼다라(Kaldhara)에서 태어났다. 그는 현대 악기들을 오케스트라로 정돈하고 네팔의 악기, 다양한 나라의 민속음악, 그리고 국제적인 워크샵과 세미나에 관한 논문을 발표하면서 현대 음악과 드라마의 기반을 제공하는 데 중요한 역할을 했다. 네팔 음악으로의 그의 공헌은 고르카 닥신바후(Gorkha Dakshinbahu), 인드라쟈 락스미 프라그야 푸라스카(Indrarajya Lakshmi Pragya Puraskar), 자가담바슈리(Jagadambashree), 라스트리야 프라티바 푸라스카(Rashtriya Pratibha Puraskar), 사다나 사만(Sadhana Samman), 카라니드히(Kalanidhi) 등과 같은 여러 상들로 인정받았다. 그는 2068BS에 숨을 거두었다.

NP no.1096 & Sc#914

▶ Technical Details ·······································

Description : Diamond Shumsher Rana(Litterateur)
Date of Issue : 30 October 2013
Value : Rs.20
Color : Four colors with Phosphor Print
Overall Size : 42.5mm X 31.5mm
Perforation :
Sheet : 20 stamps
Quantity : 1 million
Designer : Purna Kala Limbu
Printed by : SIA Baltijas Banknote, Latvia

다이아몬드 샴샤 라나(Diamond Shumsher Rana)

　다이아몬드 샴샤 라나(Diamond Shumsher Rana)는 네팔의 라나(Rana) 가에서 태어났고 1975BS 아사르(Asar) 26일에 팔파(Palpa)에서 태어났다. 그의 가정 환경에도 불구하고 그는 라나 정권에 반대했다. 그는 민주주의에 대한 호의를 보였다가 3개월간 감옥 생활을 했다. 그는 민주주의의 복구 이후 네팔 의회에 합류했고 라릿푸르(Lalitpur) 파탄(Patan)에서 정치를 시작했다. 6년간의 감옥 생활 동안 그는 '세토 바흐(Seto Bagh)'라는 소설을 썼고, 이 소설은 매우 유명해졌다. 이러한 그의 귀중한 책들과 소설들은 네팔 문학을 더욱 풍부하고 부유하게 만들었다. 2067BS 펠건(Falgun) 20일에 라나는 이 세상을 떠났다.

NP no.1124 & Sc#920

▶ Technical Details ·······································

Description : Shanker Koirala Litterateur
Date of Issue : 31 December 2013
Value : Rs.3
Color : Five colors with Phosphor Print
Overall Size : 42.5mm X 31.5mm
Perforation :
Sheet : 20 stamps
Quantity : 1/2 million
Designer : Purna Kala Limbu
Printed by : SIA Baltijas Banknote, Latvia

샨케르 코이랄라(Shanker Koirala)

　네팔의 단편 작가이자 소설 작가인 샨케르 코이랄라(Shanker Koirala)는 1987BS에 카트만두에서 태어났다. 그는 수백 개의 단편, 몇몇 희곡, 어린이 소설들, 재미있는 소설들 등을 썼고 이 작품들은 매우 유명하다. 그의 소설 '카이리니 가트(Khairini Ghat)'는 새로운 문체로 유명하며 미국인 라리 하르트셀(Larry Hartsell)에 의해서 원본보다 더 이해하기 쉽고 매력적으로 번역되기도 했다. 이러한 위인은 2054BS 슈라완(Shrawan) 26일에 숨을 거두었다.

NP no.1125 & Sc#921

▶ Technical Details ·································

Description : Ramhari Sharma Politician
Date of Issue : 31 December 2013
Value : Rs.3
Color : Five colors with Phosphor Print
Overall Size : 42.5mm X 31.5mm
Perforation :
Sheet : 20 stamps
Quantity : 1/2 million
Designer : Purna Kala Limbu
Printed by : SIA Baltijas Banknote, Latvia

람하리 샤르마(Ramhari Sharma)

네팔의 유명 정치가 람하리 샤르마(Ramhari Sharma)는 1973BS에 라릿푸르(Lalitpur) 지역의 타우켈(Taukhel)에서 태어났다. 그의 뛰어난 충성심, 희생, 그리고 개혁 용기는 오늘날의 네팔 민주주의를 설립하는 기반이 되었다. 브라민(Brahmin)으로 태어난 그는 사형을 면했으며 이 때문에 네팔의 살아 있는 순교자라는 타이틀을 얻었다. 그는 네팔·소련 우호사회의 1대 의장이었으며 독일 주재 네팔 대사로 임명되었다. 그는 네팔 프라자 파리샤드(Praja Parishad) 정당의 의장을 그가 생을 마감한 2069BS까지 역임했다. 그는 96년을 살면서 네팔의 정치를 거의 한 세기 동안 지켜보았다.

NP no.1127 & Sc#923

▶ Technical Details ·····································

Description : Dr. Dilli Raman Regmi Historian
Date of Issue : 31 December 2013
Value : Rs.10
Color : Five colors with Phosphor Print
Overall Size : 42.5mm X 31.5mm
Perforation :
Sheet : 20 stamps
Quantity : 1 million
Designer : Purna Kala Limbu
Printed by : SIA Baltijas Banknote, Latvia

딜리 라만 레그미 박사(Dr. Dilli Raman Regmi)

구 소련으로부터 명예로운 D.Sc. 학위를 받은 최초의 네팔인 딜리 라만 레그미 박사(Dr. Dilli Raman Regmi)는 1913년 12월 17일에 카트만두 킬라갈(Kilagal)에서 태어났다. 그는 네팔의 고대, 중세 그리고 현대 역사에 대한 몇 권의 책을 쓰고 출판했다. 과탐 부다(Gautam Buddha)와 마하트마 간디(Mahatma Gandhi)의 철학에 깊게 관심이 있었던 그는 비폭력을 통한 네팔의 민주주의의 복구에 있어 선구적인 역할을 했다. 그는 1979년 총선거 때 다정당 민주주의를 위한 운동을 공공연히 시작했다. 그는 비폭력 운동이 정치적 변화와 개혁, 민족주의, 다정당 민주주의 그리고 복합 사회를 가져온다고 믿었다. 그는 2058BS 바드라(Bhadra) 14일에 숨을 거두었다.

NP no.1165 & Sc#966

▶Technical Details ·····························

Description : B. P. Koirala, Centennial 2014
Date of Issue : 31 December 2014
Value : Rs.10
Color : 5 colors with phosphor print
Overall Size : 32mm X 32mm
Perforation :
Sheet : 40 stamps
Quantity : 1 million
Designer : Purna Kala Limbu Bista
Printed by : Gopsons Printers Pvt. Ltd, Noida, India

비슈웨쉬와르 프라사드 코이랄라(Bishweshwar Prasad Koirala)

보통 B. P. 코이랄라(Koirala)라고 알려져 있는 비슈웨쉬와르 프라사드 코이랄라(Bishweshwar Prasad Koirala)는 네팔 정치인이자 많은 작품을 만들어 낸 작가이다. 그는 1959년부터 1960년까지 네팔 수상이었다. 그는 사회민주당이었던 네팔 의회를 이끌었다.

코이랄라는 최초로 민주적으로 선출된 인물이자 네팔의 22대 수상이다. 그는 18개월 동안 재직하다가 마헨드라(Mahendra) 왕의 지시로 지위를 내려놓고 투옥되었다. 그의 남은 생애는 주로 감옥에 있거나 망명을 가 있었으며, 그의 건강은 꾸준히 악화되었다.

네팔의 가장 위대한 정치인들 중 하나로 널리 알려진 코이랄라는 민주주의를 확고히 지지하는 인물이었다. 그는 네팔과 같은 가난한 나라에서 개인의 자유와 시민, 정치적 권리만으로는 충분하지 않다고 주장했다. 그의 말에 따르면 네팔의 개발 부족에 대한 해결책은 민주적 사회주의였다.

NP no.1177 & Sc#967

▶ Technical Details ·······································

Description : Dwarika Bhakta Mathema
Date of Issue : 1 July 2015
Value : Re 1.00
Color : 5 colors with phosphor print
Overall Size : 31.5mm X 42.5mm
Perforation :
Sheet : 40 stamps
Quantity : 1 million
Designer : Purna Kala Limbu Bista
Printed by : Joh Enschede Stamps B.V., The Netherlands

드와리카 박타 메스마(Dwarika Bhakta Mathema)

드와리카 박타 메스마(Dwarika Bhakta Mathema)는 그의 삶을 전통적인 고전음악과 현대 네팔 음악 간의 거리를 좁히기 위해 자신의 삶을 헌신했던 네팔의 뛰어난 인물이다. 그는 뛰어난 고전음악가였다. 그는 아버지 릴라 박타 메스마(Lila Bhakta Mathema)와 어머니 루드라 쿠마리(Rudra Kumari) 사이에서 1959BS 파우쉬(Poush)에 카트만두에서 태어났다. 그는 또한 고전음악을 대중들에게 가져다 준 공로를 인정받기도 한다. 그는 그의 동료들과 함께 1963년에 조첸(Jhhochen)의 발 세와 비드햐라야(Bal Sewa Vidhyalaya)에 대중들을 위한 교육기관이자 음악학교인 카라니드히 상지트 마하비드햐라야(Kalanidhi Sangeet Mahavidhyalaya)를 설립했다. 빈약한 지원과 불리한 상황에도 불구하고 그는 음악학교 내의 악기와 물리적 시설들을 관리하려고 노력했다. 따라서 그는 네팔에서 고전음악이 번영을 이룰 수 있는 기반을 마련했다.

NP no.1215 & Sc#1011

► Technical Details ·······································

Description : Ganesh man Singh, Statesman Centennial
Date of Issue : 31 December 2015
Value : Rs.8
Color : 5 colors with phosphor print
Overall Size : 42.5mm X 31.5mm
Perforation :
Sheet : 20 stamps
Quantity : 1/2 million
Designer : Purna Kala Limbu Bista
Printed by : Joh Enschede Stamps B.V., The Netherlands

가네쉬 만 싱(Ganesh man Singh)

가네쉬 만 싱(Ganesh man Singh)은 카트만두에서 1915년 11월 9일에 태어났다. 그는 1938년에 라나(Rana) 독재 정권을 무너뜨리기 위해 적극적으로 정치계에 참여했다. 그는 라나 정권에 반대하는 활동에 참가했다는 이유로 무기징역과 재산 몰수를 선고받았다. 1950년에 일어난 성공적인 개혁 이후 그는 서로 다른 기간 동안 산업부 장관, 건설부 장관, 상업부 장관 그리고 교통부 장관을 역임했다. 그는 8년간 순다리잘(Sundarijal) 감옥에 보내졌고 정당 없는 판차야트(Panchayat) 제도를 적용받았다. 감옥에서 풀려난 이후 그는 인도로 망명을 갔고 계속해서 독재적인 판차야트 정권에 맞서 싸웠다. 그는 평생 민주주의, 정의 그리고 평등을 위해 고군분투했다.

싱은 판차야트 정권을 타도하는 데 성공하여 국가의 민주주의를 다시 일으켜 세우는 데 성공한 민중운동의 최고사령관이었다. 인권에 있어 뛰어난 그의 공헌을 인정받아 그는 우 탄트(U Thant) 평화상, 피스 런 프라이즈(Peace Run Prize) 그리고 UN 상과 같은 명망 있는 상을 받았다.

NP no.1216 & Sc#1012

▶Technical Details ·······································

Description : Siddhicharan Shrestha Poet
Date of Issue : 31 December 2015
Value : Rs.8
Color : 5 colors with phosphor print
Overall Size : 42.5mm X 31.5mm
Perforation :
Sheet : 20 stamps
Quantity : 1/2 million
Designer : Purna Kala Limbu Bista
Printed by : Joh Enschede Stamps B.V., The Netherlands

시드히차란 슈레사(Siddhicharan Shrestha)

네팔어와 누와리(Newari)어에 있어서 굉장한 시인이었던 시드히차란 슈레사(Siddhicharan Shrestha)는 1969BS에 오크할둔가(Okhaldhunga)에서 아버지 비슈누차란(Bishnucharan)과 어머니 니르쿠마리(Neerkumari) 사이에서 태어났다. 그는 카트만두와 코카타(Kolkata)에서 교육을 받았다. 그는 1997BS에 문학적 표현으로 '개혁(revolution)' 이라는 단어를 처음으로 사용했고 그 결과로 18년의 징역을 선고받았다. 또한 당시 그의 여러 작품들이 압수되었고 파손되었다.

그는 네팔어와 누와리어를 사용한 시에서 즉흥적인 전개를 펼치고, 생동감 있는 단어와 표현을 사용한 최초의 시인으로 알려진다. 그의 시는 네팔 문학 역사에 있어서 뛰어난 영향을 끼쳤기 때문에 그는 네팔어로는 유크비(Yugkbi), 누와리어로는 카비-라트나(Kabi-Ratna)라고 여겨진다. 그는 몇몇 시를 네팔어와 누와리어로 썼으며 30권이 넘는 책을 썼다.

그는 시인인 동시에 네팔의 최초 일간 신문인 아와즈(Aawaz, 목소리) 의 설립자이자 편집자였다. 그는 또한 평화위원회, 작가협회, 순교자 기념위원회, 복지센터, 네팔 평화위원회 등과 같은 서로 다른 기관들의 대표이기도 했다. 그는 당시에는 왕실 아카데미였던 네팔 아카데미의 종신 회원으로 지명되었다. 그는 그의 나이 80세였던 2049BS 제샤(Jestha) 22일에 숨을 거두었다.

NP no.1217 & Sc#1008

▶Technical Details ·····································

Description : Nagendra Prasad Rijal Politician
Date of Issue : 31 December 2015
Value : Rs.8
Color : 5 colors with phosphor print
Overall Size : 42.5mm X 31.5mm
Perforation :
Sheet : 20 stamps
Quantity : 1/2 million
Designer : Purna Kala Limbu Bista
Printed by : Joh Enschede Stamps B.V., The Netherlands

나젠드라 프라사드 리잘(Nagendra Prasad Rijal)

나젠드라 프라사드 리잘(Nagendra Prasad Rijal)은 비슈누 프라사드(Bishnu Prasad)와 둘가 데비(Durga Devi) 사이에서 1984BS에 단쿠타(Dhankuta) 지역에서 태어났다. 그는 트리찬드라(Trichandra) 대학에서 중간 학위를 취득했고 베나라스(Benaras)에 있는 힌두(Hindu) 대학교에서 학사 학위를 취득했다. 그는 2015BS에 마하사바(Mahasabha)의 부통령으로 선출되었다. 2017BS에 일어난 정치적 변화 이후 그는 판차야트(Panchayat) 체제에 합류했고 라스트리야 판차야트(Rashtriya Panchayat)의 일원이 되었다. 추후 그는 당대 왕이었던 비렌드라(Birendra) 왕으로부터 수상으로 지명되었다. 그는 수상직을 두 번 역임했다 (2030BS 슈라완(Shrawan) 1일~2032BS 망실(Mangsir) 15일, 2042BS 차이트라(Chaitra) 8일~2043BS 아사르(Asar) 2일.

그는 온화하고 소박한 인물로 알려져 있다. 그는 항상 분쟁으로부터 스스로를 멀리했고 국가와 국민의 향상을 생각하며 임무를 완수했다. 그의 재임 기간은 2032BS에 크게 불이 났던 싱하 두르바르(Singha Durbar)의 복원이 시작되었고 헤타우다(Hetauda)에 시멘트 공장과 직물 공장이 건설된 것으로 역사에서 기억된다. 그는 골카 닥신 바후(Gorkha Dakshin Bahu) 1등상, 트리샥티파타(Trishaktipatta) 1등상, 그리고 비렌드라 왕의 대관식 훈장을 받았다. 그는 그의 나이 67세였던 2051BS 아소즈(Asoj) 7일에 숨을 거두었다.

NP no.1218 & Sc#1009

▶ Technical Details ·······························

Description : Yadav Prasad Pant Economist
Date of Issue : 31 December 2015
Value : Rs.8
Color : 5 colors with phosphor print
Overall Size : 42.5mm X 31.5mm
Perforation :
Sheet : 20 stamps
Quantity : 1/2 million
Designer : Purna Kala Limbu Bista
Printed by : Joh Enschede Stamps B.V., The Netherlands

야다브 프라사드 판트 박사(Dr. Yadav Prasad Pant)

뛰어나고 선구적인 경제학자 야다브 프라사드 판트 박사(Dr. Yadav Prasad Pant)는 카트만두에서 1925년 11월 17일에 태어났다. 그는 인도의 바라나스 힌두(Baranas Hindu) 대학교에서 경제학, 문학박사 학위를 취득한 최초의 네팔인이다. 판트 박사는 국가의 금융, 경제, 행정 그리고 은행 부문에 있어서 대단히 기여를 했다. 그는 1953년부터 1989년까지 다양한 일을 하며 네팔 정부에서 일했다. 그는 국가계획위원회의 설립자 중 한 명이었고 그는 국가계획위원회의 주요 경제 고문이자 임원으로서 두드러지는 활동을 했다. 그는 거의 10년간 재무관이었고 국가의 전반적인 발전을 개선하기 위한 다양한 기관들을 설립하는 데 성공했다. 그는 5년간 네팔 중앙은행인 네팔 라스트라(Nepal Rastra) 은행의 총재를 역임했다. 그리고 그는 다른 것들 중에서도 그 나라의 화폐 발전을 증진시키는 데 실행 가능한 역할을 했다. 게다가 그는 세계은행, 국제통화기금, 아시아개발은행 등 여러 국제 기관들에 각기 다른 자격으로 근무했다.

NP no.1219 & Sc#1007

▶ Technical Details ·······························

Description : Devi Prasad Uprety, Social Worker
Date of Issue : 31 December 2015
Value : Rs.8
Color : 5 colors with phosphor print
Overall Size : 42.5mm X 31.5mm
Perforation :
Sheet : 20 stamps
Quantity : 1/2 million
Designer : Purna Kala Limbu Bista
Printed by : Joh Enschede Stamps B.V., The Netherlands

데비 프라사드(Devi Prasad)

데비 프라사드(Devi Prasad)는 1921년에 태어난 인도 예술가이자 평화운동가이다. 그는 선구적인 스튜디오 도예가, 화가, 디자이너, 사진가, 미술 교육가 그리고 평화운동가였다. 그는 라빈드라나스 타고르(Rabindranath Tagore)의 샨티니케탄(Shantiniketan)과 세바그람(Sevagram)에서 공부를 했다.

주요 전시회인 '현대 인도 예술공예가의 작품'은 2010년 5월에 뉴델리(New Delhi)에서 열렸다. 그곳에는 1938년에 산티니케탄(Santiniketan)에서 만들어진 회화 중 일부인 데비 프라사드(Devi Prasad)의 초기 작품들 중 일부를 시작으로 하고 2003년부터 2004년까지 델리(Delhi)에 있는 스튜디오를 마지막으로 이용했을 때 만들어진 몇 가지 작품을 마지막으로 선보이는 등 65년에 걸친 그의 작품들이 드러나 있다. 이 전시를 관장한 나만 아후자(Naman Ahuja)는 그의 스튜디오의 연습생이었고 프라사드를 인정을 베풀고 깊은 생각을 가진 사람으로 기억하여 그의 선생님에 대해 광범위하게 글을 썼다. 프라사드는 또한 평생 동안 마하트마 간디(Mahatma Gandhi)와 라빈드라나스 타고르(Rabindranath Tagore)의 이상을 장려하는 평화운동가였다.

그는 국제적으로 WRI(국제 전쟁반대 기구)와 함께 수십 년간 작업을 같이했는데, 1972년부터 1975년 회장 임기에 앞서 1962년부터 1972년까지 런던 사무소에서 서기장으로 근무했다. 2005년에 그 조직에 대한 그의 역사는 책으로 출판되었다. 그는 2011년 6월 1일에 델리에서 숨을 거두었다.

NP no.1220 & Sc#1010

▶ Technical Details ·····································

Description : Shree Prasad Parajuli, Martyr
Date of Issue : 31 December 2015
Value : Rs.8
Color : 5 colors with phosphor print
Overall Size : 42.5mm X 31.5mm
Perforation :
Sheet : 20 stamps
Quantity : 1/2 million
Designer : Purna Kala Limbu Bista
Printed by : Joh Enschede Stamps B.V., The Netherlands

쉬리 프라사드 파라줄리(Shree Prasad Parajuli)

    정치와 사회 봉사에 헌신하고, 그의 원칙과 이상과 성실함을 갖춘 쉬리 프라사드 파라줄리(Shree Prasad Parajuli)는 국가의 민주주의를 위해 힘들게 노력해 온 여정의 상징이다. 그는 1901년 9월 27일에 테플정(Taplejung) 케제님(Khejenim)에서 비슈누랄(Bishnulal)과 비슈누마야(Bishnumaya) 사이의 셋째 아들로 태어났다. 그는 어린 시절부터 정치와 사회 봉사에 참여했다. 그는 1947년부터 네팔 테플정(Taplejung) 의회 정치에 적극적으로 참여했다. 그는 지방 노동위원회의 일원으로서 1951년부터 1954년까지 네팔 국회를 위해 일했고 지방 부통령으로서 1955년부터 1958년까지 일했고 테플정 구청장으로서 1959년부터 일했다. 그는 구청장이라는 고위직을 맡고 있는 동안 네팔 역사 속에서 암살당한 몇 NC 지도자들 중 한 명이 될 수 있었다. 1961년에 그는 네팔 의회당에 의한 무장 진압에 연루되었다는 이유로 자신의 고향에서 구속되었으며 1962년 5월 1일에 당시 테플정 경찰 당국에 의해 암살당했다. 관련 당국이 당시 독재자였던 판차야트(Panchayat) 추종자들의 명령에 의해 비인간적으로 잔인한 정신적 고문으로 인해 부상을 당하기 전까지 이 사실은 발표되지 않았다. 그는 정말로 양심의 포로였다. 전 세계의 어떤 법도 그를 범죄자로 간주할 수 없었기 때문에, 그에게 행해진 잔인한 행동은 비겁하고 복수적인 행동이었다. 순교자 쉬리 프라사드(Shree Prasad)를 기리기 위해, 그의 동상은 오늘날 네팔 정부의 협조로 훙링 VDC 와드(Phungling VDC Ward) 4번지에 세워졌다. 또한 네팔 정부는 판테르 카벨리(Panchther Kabeli)에서 테플정까지 메키(Mechi) 고속도로를 순교자 쉬리 프라사드 파라줄리(Martyr Shree Prasad Parajuli) 길이라고 명명했다고 선언했다.

NP no. & Sc#

▶ Technical Details ·································

Description : Bal Bahadur Rai
Date of Issue : 3 November 2016
Value : Rs.10
Color : 5 colors with phosphor print
Overall Size : 35mm X 45mm
Perforation :
Sheet : 40 stamps
Quantity : 1 million
Designer : Purna Kala Limbu Bista
Printed by : Perum Peruri, Indonesia

발 바하두르 라이(Bal Bahadur Rai)

발 바하두르 라이(Bal Bahadur Rai)는 1977BS 펠건(Falgun) 6일에 네팔 동부 오크할둔가(Okhaldhunga) 지역에서 아버지 나발 싱 라이(Nabal Singh Rai)와 어머니 바비마야 라이(Bhabimaya Rai) 사이에서 셋째 아들로 태어났다. 그는 2007BS 까지 각기 다른 직위에서 당대 라나(Rana) 정권을 섬겼던 네팔 군대의 신병으로서 그의 일을 시작했다. 그러나 그는 추후 네팔 의회에 의해 조직된 반 라나(Rana) 운동에 합류했다. 그는 오크할둔가(Okhaldhunga) 국회의원으로 3번 당선되었다. 그는 나중에 의회의 상원의 일원으로 지명되었다. 그는 또한 네팔 정부의 각료로 임명되기도 하였다.

라이는 언제나 국가의 시민권의 설립을 위해 투쟁했다. 그는 또한 판차야트(Panchayat) 정권 동안 수년의 징역형을 선고받았다. 그는 평범한 집안의 사람이었으며 언제나 네팔 정치계에서 소박함의 상징으로 남아 있다. 그는 2067BS 아샤드(Ashadh) 20일에 숨을 거두었다.

NP no. & Sc#

▶Technical Details ·····································

Description : Dev Shumsher J.B. Rana
Date of Issue : 3 November 2016
Value : Rs.10
Color : 5 colors with phosphor print
Overall Size : 35mm X 45mm
Perforation :
Sheet : 40 stamps
Quantity : 1 million
Designer : Purna Kala Limbu Bista
Printed by : Perum Peruri, Indonesia

데브 샴샤 J.B. 라나(Dev Shumsher J.B. Rana)

데브 샴샤(Dev Shumsher)는 1862년 7월에 뒤르 샴샤(Dhir Shumsher)와 난다 쿠마리 라나(Nanda Kumari Rana) 사이에서 넷째 아들로 태어났다. 그는 뒤르 샴샤(Dhir Shumsher)의 형이었던 크리슈나 바하두르 쿤와르(Krishna Bahadur Kunwar) 장군에게 입양되어 길러졌다. 그는 칼쿠타(Calcutta)에서 교육을 받았고 열린 마음을 지닌 지도자였다. 그는 동부 지역의 최고사령관을 역임했으며 라나(Rana) 정권 하에서 네팔군 사령관을 역임했다.

그는 라나 정권 당시 4대 수상을 역임했다. 재임 기간 동안 그는 대중을 위한 교육기관의 개방, 골카파트라(Gorkhapatra)의 출판 개시, 국가의 노예제도 폐지 개시 등과 같은 많은 개혁들을 도입했다. 그는 또한 민주적인 통치 개혁을 도입하기 위해 노력했다. 이러한 개혁들은 그의 보수적인 형제들의 마음에 들지 않았다. 그들은 총으로 그를 강제로 사임시켰고 그를 단쿠타(Dhankuta)로 추방했다. 이후 그는 인도 무소리(Mussorie)로 탈출했고 그곳에서 그는 52세의 나이로 1914년에 숨을 거두었다.

NP no. & Sc#1018

► Technical Details ·································

Description : Lakkhan Thapa Magar
Date of Issue : 16 November 2016
Value : Rs.10
Color : 5 colors with phosphor print
Overall Size : 35mm X 45mm
Perforation :
Sheet : 40 stamps
Quantity : 1 million
Designer : Purna Kala Limbu Bista
Printed by : Perum Peruri, Indonesia

라칸 타바 마가르(Lakhan Thapa Magar)

라칸 타바 마가르(Lakhan Thapa Magar)는 1835년에 태어났으며, 그는 네팔 정부가 '첫 번째 순교자'라고 선언한 네팔 혁명가였다. 그는 역사상 처음으로 네팔의 정부, 즉 라나(Rana) 왕조의 통치에 맞선 최초의 혁명 지도자였다. 그는 장 바하두르 라나(Jang Bahadur Rana)의 폭정에 맞섰다. 그는 그의 가까운 친구이자 그의 장관이었던 제이 싱 츄미 마가르(Jay Singh Chumi Magar)의 지지를 받았다. 그는 장 바하두르 라나(Jung Bahadur Rana) 정권을 무너뜨리고 자유로운 국가와 군대를 만들기 위해 자신의 정치 이념을 선전했다. 그는 라나 중앙정부에 의해 1877년 2월 27일 교수형을 당했다.

NP no. & Sc#1019

▶ Technical Details ······································

Description : Mahendra Narayan Nidhi
Date of Issue : 16 November 2016
Value : Rs.10
Color : 5 colors with phosphor print
Overall Size : 35mm X 45mm
Perforation :
Sheet : 40 stamps
Quantity : 1 million
Designer : Purna Kala Limbu Bista
Printed by : Perum Peruri, Indonesia

마헨드라 나라얀 니드히(Mahendra Narayan Nidhi)

니드히(Nidhi)는 1990년에 민주주의의 복구를 위한 대중운동의 성공 이후 즉각적으로 세워진 임시정부에서 수자원 및 지역개발부 장관으로 임명되었다. 1991년 치러진 민주주의 복구 이후 첫 총선거 때, 니드히는 자낙푸르(Janakpur) 4번 다누샤(Dhanusha) 선거구에서 하원으로 당선되었다. 그는 1991년 네팔 의회 총비서로 지명되었다. 그는 또한 1959년에 하원 부의장을 역임했다. 니드히(Nidhi)는 네팔 의회에서 시작된 모든 형태의 민주주의 운동에 참여해 왔다.

전 장관이자 전 네팔 의회 사무총장이었던 마헨드라 나라얀 니드히는 1999년 5월 4일에 카트만두 동부에서 약 250km 떨어진 곳에 위치한 자낙푸르 밀스(Mills) 지역에 있는 그의 집에서 숨을 거두었다. 그의 나이는 79세였고 그는 심장마비로 사망했다. 그는 두 아들과 네 딸이 있었다.

NP no. & Sc#1020

▶ Technical Details ·······························

Description : Yogmaya Neupane
Date of Issue : 16 November 2016
Value : Rs.10
Color : 5 colors with phosphor print
Overall Size : 35mm X 45mm
Perforation :
Sheet : 40 stamps
Quantity : 1 million
Designer : Purna Kala Limbu Bista
Printed by : Perum Peruri, Indonesia

요그마야 네우판(Yogmaya Neupane)

요그마야 네우판(Yogmaya Neupane)은 1924BS에 네팔레단다(Nepaledanda)의 보
주파(Bhojpur) 지역에서 태어났다. 그녀는 아버지 쉬리랄 네우판(Shreelal Neupane)
과 어머니 찬드라 칼라 네우판(Chandra Kala Neupane) 사이의 유일한 딸이었다.

그녀는 8세 때 결혼했지만 2년 내에 과부가 되었다. 따라서 그녀는 시부모에게 불길한 존재로 여겨졌다. 그녀에게 행해진 행동들은 참을 수 없을 만큼 심했다. 따라서 그녀는 친정집으로 돌아왔고, 나중에 그녀는 다시 두 번째 결혼을 했다.

결혼 생활에 싫증이 났던 그녀는 그녀의 가족을 버리고 1973BS에 금욕적인 생활을 하기 위해 그녀의 출생지로 돌아왔다. 그녀는 마주와베시(Majuwabesi)에 아슈람(Ashram)을 차렸고 극도로 궁핍한 생활을 이어 나갔다. 소박한 삶을 이어 나간 보상으로 그녀는 그녀를 샥티 마야(Shakti Maya)라고 불렀던 수천 명의 제자들을 얻었다. 그녀는 그녀의 신성한 선교를 위해 그들과 손을 잡았다. 그녀는 목소리를 낼 수 없는 여성들, 하층민들, 착취당하고 소외되는 사람들을 위해 목소리를 냈다. 그녀는 아삼(Assam)으로부터 출판된 사바르타 요그바니(Sarvartha Yogbani)를 통해 사회적 죄악뿐만 아니라 라나(Rana) 통치자들의 잔혹한 행동과 활동에 강력하게 항의를 했다. 그녀는 종교적 찬송가, 시 그리고 노래들을 통해 아동 결혼, 일부다처제 그리고 기타 사회악을 포함한 여성 착취와 억압에 저항하는 운동을 시작했다. 1995BS 카르티크(Kartik) 27일에 요그마야(Yogmaya)는 통치자들의 양심을 흔들기 위해 제자들과 함께 대량의 희생 계획을 세웠다. 그러나 당시의 정권은 이 계획을 방해했고 그들을 구속했다. 그들은 단쿠타(Dhankuta)와 보주파(Bhojpur)에 있는 감옥에 투옥되었다.

감옥에서 풀려난 뒤 그녀는 사회 정의와 좋은 정치를 위한 투쟁의 여정을 재개했다. 그녀의 목소리가 들리지 않는다는 것을 깨달았을 때 그녀는 여성에 대한 억압, 사회악, 인종차별, 성차별 등에 대한 항의로 1998BS 아샤드(Ashad) 22일에 그녀의 추종자 68명과 함께 거센 아룬(Arun) 강으로 뛰어듦으로써 잘-사마드히(Jal-Samadhi)를 실천했다.

NP no. & Sc#1022

▶ Technical Details ·······························

Description : Ratna Kumar Bantawa
Date of Issue : 29 December 2016
Value : Rs.10
Color : 5 colors with phosphor print
Overall Size : 35mm X 45mm
Perforation :
Sheet : 40 stamps
Quantity : 1 million
Designer : Purna Kala Limbu Bista
Printed by : Perum Peruri, Indonesia

라트나 쿠마르 반타와(Ratna Kumar Bantawa)

순교자 라트나 쿠마르 반타와(Ratna Kumar Bantawa)는 2008BS 차이트라(Chaitra) 27일에 네팔 동부 일람(Ilam) 지역의 차마이타 VDC 7(Chamaita VDC 7)에서 아버지 가르자만 라이(Garjaman Rai)와 어머니 푸쉬파 마야 라이(Pushpa Maya Rai) 사이에서 태어났다. 그는 공산주의 정치에 참여했고 2032BS에 당시 전 네팔 공산당 조정위원회의 지역구의회의 일원이 되었다. 추후 그는 구청장이 되었다. 그는 네팔 공산당 중앙위원회의 설립 멤버 중 한 명이다. 그는 개혁을 통한 국가의 공화국 수립 임무에 참여한 혐의로 일람(Ilam) 지역의 이방(Ivang) 마을에서 2035BS 차이트라(Chaitra) 27일에 판차야트(Panchayat) 정권에 의해 총을 맞아 사망했다.

NP no. & Sc#

▶Technical Details ·······························

Description : Janakabi Keshari Dharma Raj Thapa
Date of Issue : 22 September 2017
Value : Rs.10
Color : 5 colors with phosphor print
Overall Size : 35mm X 45mm
Perforation :
Sheet : 40 stamps
Quantity : 1/2 million
Designer : Purna Kala Limbu Bista
Printed by : Perum Peruri, Indonesia

다르마 라즈 타파(Dharma Raj Thapa)

다르마 라즈 타파(Dharma Raj Thapa)는 1981BS 슈라완(Shrawan) 1일에 카스키 (Kaski) 구역의 바투레챠르(Batulechaur) 마을에서 태어났다. 할카 바하두르 타 파(Harka Bahadur Thapa)와 마야-데비 타파(Maya-Devi Thapa) 사이에서 태어난 그는 어린 시절 부반 바하두르(Bhuvan Bahadur)로 불렸었다. 그는 어린 시절 네팔 문화와 사회에 대한 완고한 열성팬이었기 때문에 그는 민요를 좋아했다. 그는 2009BS에 라디오 네팔(Radio Nepal)에 합류했고 2026BS까지 그곳에서 일했다. 이 기간 동안 그는 여러 국가에서 다양한 민요를 모으고 합성했 다. "하리오 단다 마시(Hario Danda Mathi…)"가 그의 가장 유명한 노래 중 하 나이다. 그는 2013BS에 유명 민요를 만들어 내는 그의 능력으로 마헨드 라(Mahendra) 왕에 의해 굉장한 민요 시인이라는 뜻의 자나 카비 케샤리(Jana Kabi Keshari)라는 타이틀을 얻게 되었다.

그는 또한 잘 알려진 문학가였다. 그가 관여한 문학작품 몇 점이 있 었다. 그는 2025BS에 망가-리 쿠숨(Manga-li Kusum)으로 네팔 언어에 있어서 가장 우수한 문학상인 마단 푸라스카(Madan Puraskar)를 받았다. 그는 또 한 인드라 라즈야 락스미 푸라스카(Indra Rajya Laxmi Puraskar), 코로네이션 메 달(Coronation Medal), 로크 사히트야 푸라스카(Lok Sahitya Puraskar), 라트나 쉬리 메달(Ratna Shree Medal), 자가듬바 쉬리(Jagadmba Shree) 등의 상을 받았다. 그는 2071BS 아소즈(Ashoj) 28일에 카트만두에서 생을 마감했다.

이 기념 우표는 네팔 민속음악을 새로운 경지에 오르게 한 그의 공헌을 기리기 위해 발행되었다.

NP no. & Sc#

▶Technical Details

Description : Saroj Prasad Koirala
Date of Issue : 22 September 2017
Value : Rs.10
Color : 5 colors with phosphor print
Overall Size : 35mm X 45mm
Perforation :
Sheet : 40 stamps
Quantity : 1/2 million
Designer : Purna Kala Limbu Bista
Printed by : Perum Peruri, Indonesia

사로즈 프라사드 코이랄라(Saroj Prasad Koirala)

사로즈 프라사드 코이랄라(Saroj Prasad Koirala)는 1929년에 태어났다. 그는 네팔 의회당에 소속된 정치인이었다. 그는 B. P. 코이랄라(Koirala)의 지도 하에서 네팔 의회의 정당 정치에 참여했다. 그는 1958년 다누샤(Dhanusha) 선거구의 첫 선거에서 압도적인 승리를 거두며 국회의원으로 당선되었다. 그는 나중에 네팔 역사상 최초로 민주적으로 선출된 정부에서 국무장관이 되었다. 1960년 왕실의 쿠데타 이후 그는 8년간 추방당했고 활동적인 정치에 관여했다. 그는 판차야트(Panchayat)에 맞서는 활발한 혁명 정치에 연루되었다는 이유로 1973년 인도 마드후바니(Madhubani)에서 당시의 판차야트 정권에 의해 암살당했다.

코이랄라는 감옥에서 몇 년간 지내다가 네팔의 민주주의로 풀려났다. 이 우표는 국가의 민주주의 설립에의 그의 공헌을 기리기 위해 발행되었다.

NP no. & Sc#

▶ Technical Details ·····························

Description : Martyrs
Date of Issue : 31 December 2017
Value : Rs.10
Color : 5 colors with phosphor print
Overall Size : 35mm X 45mm
Perforation :
Sheet : 40 stamps
Quantity : 1/2 million
Designer : Purna Kala Limbu Bista
Printed by : Perum Peruri, Indonesia

마르티스(Martyrs)

이 기념 우표는 판차야트(Panchayat) 정권에 맞서 고군분투하는 데에 그
들의 삶을 희생한 네 명의 순교자들을 기리기 위해 발행되었다. 리라나스
다할(Lilanath Dahal), 타기 라즈 다할(Thagi Raj Dahal), 카겐드라 라즈 다할(Khagendra

Raj Dahal) 그리고 골카르나 바하두르 칼키(Gokarna Bahadur Karki)는 모두 2031BS 아소즈(Ashoj) 13일 한밤중에 자와라크헬(Jawalakhel)에서 판차야트 정권에 의해 암살당했다.

리라나스 다할(Lilanath Dahal)

리라나스 다할(Lilanath Dahal)은 2006BS 슈라완(Shrawan) 31일에 오크할둔가(Okhaldhunga) 구역에서 틸라찬 다할(Tilachan Dahal)과 엠바이카 데비(Ambika Devi) 사이에서 태어났다. 그는 2028BS부터 활발한 정치 활동에 참여했다.

타기 라즈 다할(Thagi Raj Dahal)

타기 라즈 다할(Thagi Raj Dahal)은 2002BS 망실(Mangsir) 12일에 오크할둔가(Okhaldhunga) 구역에서 자야 나라얀 다할(Jaya Narayan Dahal)과 쉬바마야(Shivamaya) 사이에서 태어났다.

카겐드라 라즈 다할(Khagendra Raj Dahal)

카겐드라 라즈 다할(Khagendra Raj Dahal)은 2013BS 칼틱(Kartik) 28일에 오크할둔가(Okhaldhunga) 구역에서 딜리 프라사드 다할(Dilli Prasad Dahal)과 하리프리야(Haripriya) 사이에서 태어났다.

골카르나 바하두르 칼키(Gokarna Bahadur Karki)

골카르나 바하두르 칼키(Gokarna Bahadur Karki)는 2013BS 제샤(Jestha) 27일에 오크할둔가(Okhaldhunga) 구역에서 프리시비 바하두르(Prithivi Bahadur)과 리누카 데비(Renuka Devi) 사이에서 태어났다.

NP no. & Sc#

▶Technical Details

Description : Pandit Amritnath Mishra
Date of Issue : 17 June 2017
Value : Rs.10
Color : 5 colors with phosphor print
Overall Size : 35mm X 45mm
Perforation :
Sheet : 40 stamps
Quantity : 1/2 million
Designer : Purna Kala Limbu Bista
Printed by : Perum Peruri, Indonesia

암리트나스 미슈라(Amritnath Mishra)

바가와트(Bhagawat)와 산스크리트(Sanskrit) 문법으로 유명한 학자 암리트 나스 미슈라(Amritnath Mishra)는 1977BS에 마호타리(Mahottari) 구역의 바나울 리(Banauli)에서 비슈누 데브 미슈라(Bishnu Dev Mishra)와 스리자니 데비(Srijani Devi) 사이의 첫 아이로 태어났다. 그는 집에서 그의 아버지로부터 초기 교육을 받았으며 둘가차인트야 브라하차리(Durgachaintya Bramhachary)에 의해 자낙풀 (Janakpur)에서 행해지는 구루쿨(Gurukul)에 있는 초등학교에 합격했다. 나중에 그는 마드후바니(Madhubani)에서 산스크리트 문법의 중등 과정을 거쳐 인도의 무자파푸르(Mujjaffapur)에서 졸업했다. 그는 2006BS에 카시크 로얄 산스크리트(Kashik Royal Sanskrit) 대학교에서 마스터(Master)에 대한 공부를 하던 중 그의 아버지의 죽음으로 고향에 돌아왔다. 예리한 학생이었던 그는 동료들의 멘토로 일을 했다. 브라마두타 사스트리 '지기수'(Brahmadutta Sastri 'Jiggysu')의 영리한 제자이자 카쉬(Kashi)의 굉장한 학자였던 그는 목사였고 그의 친구들은 그를 문법의 보석이라는 뜻을 지닌 브야카란 부산 (Vyakaran Bhusan)이라고 불렀다. 그러고는 가정에 대한 책임감으로 그는 집에 머물렀고 집과 가까운 마하데브(Mahadev) 사원을 구실로 베다(Veda) 학교를 설립했으며 2006BS에 명예 교사로 일하기 시작했다.

그는 네팔에서 민주주의가 출현한 이후 여러 사회 조직에 참여했다. 그는 2012BS에 기본적인 교습 훈련을 받았으며 쿠훔-다우라(Kuhum-Daura)에 있는 아다르샤(Aadarsha) 중고등학교에서 산스크리트와 힌디(Hindi) 언어를 가르치는 데 합류했다. 그는 2026BS까지 그 학교에서 선생님으로서 일했다. 사회운동으로 매우 바빠진 그는 2026BS에 그 일을 그만두었다.

불굴의 자선가로서 그는 2006BS에 베다(Veda) 학교를 설립했고 2013BS

에 수드하(Sudha) 도서관이라 이름 붙은 공공도서관을 설립했다. 그는 네팔과 인도에 있는 마이티르(Maithili) 언어에서 고대와 종교의 가르침에 대한 그의 지식을 통해 사람들에게 도덕성을 인지하도록 하는 운명을 타고 났다. 비록 그가 푸란스(Purans)와 우파니샤드(Upanishad)와 같은 아르얀(Aryan) 문학을 전하는 데에 연루되었지만, 그는 힌두교의 성서인 바가와트를 가르치는 데에 뛰어났다. 그는 높은 사회적 가치를 지닌 힌두교 사회에 종교적인 인식을 확산시키기 위해 그것을 선택했고 그는 완전한 성공을 거두었다. 마이티르 사회에서 그의 명성은 바가와트의 학자로서 얻어졌다.

그는 장엄하고 영원하며 도전적으로 학습하는 사람으로 순수한 성격을 지녔다. 그는 95년간의 활동적이고 건강한 삶 동안 영적으로 산스크리트 문학에 참여했다. 그는 그의 마을에서 좋은 아들이었을 뿐만 아니라 모든 아르얀(Aryan) 문명에서 영웅이었다. 그는 인도 쟈르크핸드(Jharkhand)에서 2016년 12월 2일에 마이티르 국제사회로부터 일평생의 봉사를 인정받아 미틸라 라트나(Mithila Ratna) 상을 수여받았다. 힌두교 문학과 산스크리트 언어의 후원자였던 암리트나스 미슈라(Amritnath Mishra)는 2072BS 바이샤크(Baisakh) 18일에 숨을 거두었다.

NP no. & Sc#

▶ Technical Details ································

Description : Personalities of Nepal
Date of Issue : 31 December 2017
Value : Rs.2~Rs.10
Color : 5 colors with phosphor print
Overall Size : 45mm X 35mm
Perforation :
Sheet : 40 stamps
Quantity : 3 million
Designer : Purna Kala Limbu Bista
Printed by : Perum Peruri, Indonesia

335

인물 우표 시리즈(Personalities Stamp Series)

이 인물들은 네팔의 정치적, 사회적 그리고 문화적 역사에 공헌을 한 사람들이다. 이 우표 시리즈는 네팔 사회에서 다음의 여섯 인물들의 공헌을 기리기 위해 발행되었다.

순교자 둘가난다 자(Martyr Durgananda Jha)

둘가난다 자(Durgananda Jha)는 1999BS 바이샤크(Baisakh) 14일에 네팔 중심부의 마호타리(Mahottari) 지역에서 태어났다. 그는 아버지 데브나라얀 자(Devnarayan Jha)와 어머니 수쿠마리 데비 자(Sukumari Devi Jha) 사이에서 태어났다. 그는 2015BS에 열린 첫 번째 민주주의 선거 때 네팔 의회당을 위한 선거 캠페인에 참여했다. 2017BS에 일어난 왕실 쿠데타 이후 그는 판차야트(Panchayat) 정권에 맞서 싸웠다. 그는 체포되었고 순다라(Sundhara)에 있는 중앙 감옥 내에서 총에 맞아 2020BS 마흐(Magh) 15일에 사망했다.

가우리샤카르 카드카(Gaurishakar Khadka)

정치가 가우리샤카르 카드카(Gaurishakar Khadka)는 2016BS에 태어났다.

겜비르 바하두르 타파(Gambhir Bahadur Thapa)

사회운동가 겜비르 바하두르 타파(Gambhir Bahadur Thapa)는 1981BS에 태어났다.

라트나다스 프라카쉬(Master Ratnadas Prakash)

라트나다스 프라카쉬(Mr. Ratna Das Prakash)는 1970BS 마흐(Magh)에 아버지 바와니다스 카드기(Bhawanidas Khadgi)와 어머니 흐리라마야 카드기(Hlramaya Khadgi) 사이에서 태어났다. 그는 라디오 네팔(Radio Nepal)의 설립 직후에 일을 하기 시작했고 그곳에서 30년간 일했다. 그는 네팔 음악을 알리는 데 기여를 했다. 그는 나라에 유용한 음악 장비들이 거의 없을 때 네팔 음악을 힘겹게 녹음했다. 그는 2049BS 카르틱(Kartik) 9일에 숨을 거두었다.

드로나차르야 체트리(Dronacharya Chhetri)

정치가 드로나차르야 체트리(Dronacharya Chhetri)는 2002BS에 태어났다.

순교자 야그야 바하두르 타파(Martyr Yagya Bahadur Thapa)

야그야 바하두르 타파(Yagya Bahadur Thapa)는 1974BS 카르틱(Kartik) 5일에 네팔 동부의 일람(Ilam)에서 태어났다. 그는 당시 네팔 왕립 군대에 합류했다. 그는 제2차 세계전쟁 당시 네팔군 중 한 명으로서 영국군과 연합하여 일본 부대에 맞서 싸웠다. 나중에 그는 네팔 군대를 떠나 은퇴한 군인 단체가 당이 없는 판차야트(Panchayat) 정권과 맞서 싸워서 국가의 민주주의를 복구하도록 단체를 설립하고 이끌었다. 그는 판차야트 정권에 맞선 군사 투쟁에 연루되었다는 혐의로 2035BS 망실(Mangsir) 26일에 총을 맞아 사망했다.

인물

340

참고문헌

- Rabindra Dhoju, Kathmandu Valley Guide Book, Dhoju Publication House, 2015
- Bradley Mayhew 외 2인, Nepal, Lonely Planet, 2018
- Susanne von der Heide 외 14인, Nepal, Nelles Verlag, 1990
- Kaji Madhusudan Raj Rajbhandary, A Tribute to Late King Mahendra, Kaji Madhusudan Raj Rajbhandary, 2010
- Kaji Madhusudan Raj Rajbhandary, A Tribute to Late King Birendra, Kaji Madhusudan Raj Rajbhandary, 2010
- Hardayal Singh, Glimpses of Nepal Philately & Postage Stamps of Nepal, Jagdish Kaur Gupta 외 3인, 1997
- Postage Stamps of Nepal, Nepal Philatelic Bureau, 2015
- Urmila Kaphle, Nepal Philatelic Bulletin Issue No.17, Nepal Philatelic Bureau, 2013
- Sudha Regmi, Nepal Philatelic Bulletin Issue No.19, Nepal Philatelic Bureau, 2015
- Sudha Regmi, Nepal Philatelic Bulletin Issue No.20, Nepal Philatelic Bureau, 2016
- Sudha Regmi, Nepal Philatelic Bulletin Issue No.21, Nepal Philatelic Bureau, 2018
- Prakash A Raj, Kathmandu & the Kingdom of Nepal, Lonely Planet, 1983
- 이근후 외 2인, Yeti 네팔 국왕을 알현하다, 연인M&B, 2018
- Chandra Kumar Sthapit & Deepak Manandhar, Nepal Postage Stamps Catalogue 1881-2015, Chandra Kumar Sthapit & Deepak Manandhar, 2016
- Dev Ratna Dhakhwa, Exclusive Encyclopaedia of Nepal, Sahayogi Prakashan, 1974
- Deepak Aryal, Nepal Who's Who, Research Centre for Communication and Development(RECOD), 1997
- Wikipedia(영문)
- SCOTT 2018 Standard Postage Stamp Catalogue, Scott Publishing Co.
- Nepal Postage Stamps Catalogue(1881~2015) April 2016 Compiled by Chandra Kumar Sthapit and Deepak Manandhar